献给所有的母亲

是妈妈，也是英雄

［美］杰西·克莱因
（Jessi Klein）

——
著
周严
——
译

北京联合出版公司
Beijing United Publishing Co.,Ltd.

图书在版编目（CIP）数据

是妈妈，也是英雄 /（美）杰西·克莱因著；周严译. -- 北京：北京联合出版公司，2025.7. -- ISBN 978-7-5596-8283-3

I . I712.55

中国国家版本馆 CIP 数据核字第 2025Q0N355 号

I'LL SHOW MYSELF OUT: Essays on Midlife and Motherhood
Copyright © 2022 by Jessi Klein.
Published by arrangement with Harper, an imprint of HarperCollins Publishers.
Simplified Chinese edition copyright © 2025 Beijing Mandarin panorama CO., LTD
All rights reserved.

北京市版权局著作权合同登记 图字：01-2024-6520

是妈妈，也是英雄

作　　者：[美] 杰西·克莱因
译　　者：周　严
出 品 人：赵红仕
责任编辑：李艳芬
版式设计：豆安国
责任编审：赵　娜

北京联合出版公司出版
（北京市西城区德外大街 83 号楼 9 层 100088）
北京华景时代文化传媒有限公司发行
北京文昌阁彩色印刷有限责任公司印刷　　新华书店经销
字数 151 千字　　880 毫米 ×1230 毫米　　1/32　　8.25 印张
2025 年 7 月第 1 版　　2025 年 7 月第 1 次印刷
ISBN 978-7-5596-8283-3
定价：58.00 元

版权所有，侵权必究
未经书面许可，不得以任何方式转载、复制、翻印本书部分或全部内容。
本书若有质量问题，请与本公司图书销售中心联系调换。电话：（010）83626929

目 录

英雄的旅程 ... 001

蝴蝶 ... 012

在星巴克卫生间的地板上 ... 030

妈咪装 ... 043

安全座椅 ... 056

给内特·伯克斯和耶利米·布伦特的公开情书 ... 066

内裤三明治 ... 077

我未来的同性妻子 ... 084

在停车场听碧昂斯 ... 093

彩虹之上 ... 105

你丈夫会在你死后五分钟再婚 ... 114

护身符 ... 121

面包和奶酪 ... 132

换手 ... 144

头发 ... 161

泰迪·鲁宾 ... 177

坏消息 ... 185

为喝酒辩护 ... 198

脚颂 ... 207

万圣节神兽 ... 214

小书 ... 228

归来 ... 246

致谢 ... 257

英雄的旅程

我开上车,打算去离家3分钟车程的超市买几盒超级安全、入口即化的,叫作"吧唧吧唧"(Nom-Noms)的婴儿饼干。其实所有饼干(或者可以说所有吃的东西)都该被称作"吧唧吧唧"。我两岁半的儿子阿什很喜欢吧唧吧唧,眼下家里的存货马上就要见底了,必须赶在他闹脾气之前跑一趟。

在车里,我听着作家伊丽莎白·吉尔伯特(Elizabeth Gilbert)接受奥普拉《超级灵魂》访谈的播客(是的,我也不能免俗)。吉尔伯特是《美食,祈祷,恋爱》(*Eat, Pray, Love*)的作者,这本2006年的畅销书讲述了她在印度、意大利和巴厘岛的灵魂觉醒之旅。我很喜欢这本书,简直不好意思说出来读过多少次。

吧唧吧唧是一种神奇的小饼干,其中大概99%是空气。其余的部分我认为是一种甜薯汁和泡沫塑料的神秘混合物

（如果你认为，世界上根本没有甜薯汁这种东西，那么你是对的。但这正是吧唧吧唧的神秘所在）。

每一块吧唧吧唧的长度都在5英寸①左右，像一个边缘不太规整的迷你冲浪板。（显然，它们可以被烘焙得极其笔直，但我认为制造商想要追求某种侘寂风的"手作"美学。从理论上看，我很赞赏这种做法。尽管按道理这么做值得表扬，但对于它的食用者，这恐怕是个"无用功"。）

从家到超市驾车的3分钟里，我意识到眼前的生活本身就有点像吧唧吧唧：自从儿子出生，自从我们搬到洛杉矶，自从我开始做一些兼职的工作以来，每一天都仿佛如此。在家做兼职，偶尔在办公室做兼职，同时从存在的意义上来讲，做母亲也是一种兼职，最后只有极小的一部分时间，我在做我自己。不论是从外表上看起来，还是真正走进去，我的生活都是空洞的，每一天都很相似，只在一些边缘的地方有所不同。

其中最令人期待、闪耀着迷人光芒的是与关系亲密的朋友们共进午餐，小酌几杯。在我看来，这实在是一个自由职业者生活中最大的奢侈。但是这种时刻并不多，一部分原因是在中午就这么做，让我觉得自己太放纵了（我知道，作家日常的生活节奏本就是如此）。另外一部分原因是

---

① 1英寸等于2.54厘米。——编者注

所有人都很忙。我本来也该埋头写作，但这件事吊诡的地方在于，写作在很多时候几乎相当于什么都没做。我坐着，目光呆滞（需要再次强调，可能只有我是这个样子），时常陷入一种低级别（偶尔也有高级别）的抑郁状态。我尽可能地保持这个状态，任时间一分一秒地流逝，直到需要回家之时。我应该在下午6点接替阿什保姆的工作，但我总是试着让她早走20分钟，以减轻保姆长时间工作给我带来的愧疚感。我知道这种心态很荒谬，同时我也对自己认为这件事很荒谬感到愧疚。

好了，回到伊丽莎白·吉尔伯特和吧唧吧唧的话题。

吉尔伯特告诉奥普拉，在《美食，祈祷，恋爱》热销后，在签售会或讲座上接近她的通常有两类女性。第一类女性受她的书启发，买好机票，试图以某种方式追寻吉尔伯特的脚步（虽然这并非她们的本意，但这群女性却在巴厘岛掀起了旅游热潮，以至于在岛上走动的粉丝比本地居民还多）。第二类女性才是让我感兴趣的人——此刻为了等到一个停车位，我已经在超市停车场里转了15圈——这些女性同样受到这本书的启发，想要进行精神上的环球旅行，但种种阻碍让她们无法成行：没钱，工作走不开，需要照顾家庭、孩子或生病的父母，或者所有这些事情都成为她们的绊脚石。听得入神的我在停好车后给手机插上耳机，这样我在超市里也能把播客听完。

当我终于将吧唧吧唧扔进购物车时，吉尔伯特正在谈论"英雄之旅"的原型，以及在整个文学史上，英雄之旅如何被明确地描述成一个男人行至远方的旅程。在那里，他与某人、某军或某物作战，并通过获胜拯救了所有人。当这位典型的英雄奔走四方之际，他的妻子、母亲、姐姐、女朋友、女儿，或上述所有的人，全都守在家里，完全没有参与这段旅程。当他仗剑走天涯的时候，那些女性则在家里煮饭、打扫、哭泣、上网刷帖。虽然我对这些套路烂熟于心（如果你看过任何一部好莱坞电影，比如《星球大战》，你也不会觉得这个桥段陌生），但我没有听说过吉尔伯特谈到的约瑟夫·坎贝尔（Joseph Campbell）的《千面英雄》(The Hero with a Thousand Faces)。他在书中概括了这个在全世界被不同文化所永远讲述的故事里会出现的17种普遍情节。身为一名作家，我想我应该读一读（至少要有所了解）坎贝尔的书。但想到还有那么多集没看的《完美单身汉》(The Bachelor)在等着我，想抽出时间恐怕很难了。

排队结账的时候，我茫然地瞅着陈列架上的口香糖和杂志，并忽然意识到现在是下午4:23，此时我的生活丧失了过往的熟悉感。吉尔伯特告诉我，我们需要重构对英雄之旅的认识。她说，英雄之旅不是男人的专属，也无须我们踏足遥远的国度……我暂停了播客，刷卡为吧唧吧唧付钱。

当我把可回收购物袋（好人呀！）放到车后座并开始驾驶的时候，"英雄之旅"这个概念和那些话仍在我脑海中回荡。从前的我内心中某个孤单、疏离的部分，某些渴望滋润的小小叶片，向着这个想法倾斜，想要了解更多。现在的我已越来越难读完一整本书——要应付孩子、要看《完美单身汉》，总之忙得不行——但我起码可以试着读完一个维基百科长条目。于是，我搜索了"约瑟夫·坎贝尔的英雄之旅"，并开始阅读。

坎贝尔对英雄之旅的构想始于一个潜在的英雄，他像正常人那样生活着——你知道，就是发发短信，吃吃抗抑郁药之类的。然后，他接到一次"冒险的召唤"，前往坎贝尔所描述的地方："一片森林，一个位于地下、海底或天上的国度，一座隐秘的岛屿，高山之巅，或一场深邃的梦境；那里有着诡异液态的多变生物，有着难以想象的折磨，超人的壮举，以及超乎寻常的喜悦。"这句话让我的肾上腺素激增，那种感觉就像是你几乎可以肯定，但又不能完全确认现在正在地震——整个人僵住了，整个身体都在捕获外界的信息。在这屏息凝神的瞬间，自从我儿子出生以来（我感觉自己像个透明人，被主流世界遗忘了，每天过得像一把行走的墩布，用手给孩子擦鼻涕，没有性生活，形同一部配发母乳加安抚的自动机器），我第一次产生了一个想法……

有没有可能,自从儿子出生以来我就踏上了英雄之旅?有没有可能我现在就在旅途之中?

坎贝尔的这段话之所以击中我,是因为他完美地描绘了做母亲的经历。首先,坎贝尔提到了"深邃的梦境"。我儿子出生后的头3个月,毫无疑问,那绝不亚于一场从未醒来的梦游。尽管我并非身处秘境岛屿或高山之巅,但当上妈妈后,我从骨子里感到了那种深刻的疏离感和孤立感,感觉自己远离了其他所有人,与那新出生的"诡异液态的多变生物",即我的宝宝,困在一起。如果你曾经"高品质地"和婴儿或年龄非常小的孩子相处过,你就知道他们的变化无常令人抓狂。他们每一分钟都在变,一会儿像水獭,一会儿像人鱼,一会儿像人,一会儿像树袋熊,一会儿又像小狗。

我甚至都不需要证明"难以想象的折磨"多么适用于描述养育孩子。但如果你曾经历过以肉搏的方式将孩子塞进或者拖出婴儿车;又或者你两个小时以前已经困得灵魂出窍,而他们却坚决不肯睡觉,你就会知道我在说什么了。

因此毫无疑问,在这样的时刻里,坚定不移地照料和哺育你的孩子,不屈服于逃之夭夭的诱惑,没有什么比这更称得上"超人的壮举"了。(如今,医院有义务在新晋父母将新生儿带回家之前,提供有关"摇晃婴儿综合征"的资料。这么做的目的,并不是想从数百万人中找出一两个可能会故意用这种方式伤害孩子的恶魔。而是因为,如果不告诉他们婴儿头骨堪比焦糖布丁的外壳,大脑如同小小的灯泡,甚至比灯泡更脆弱,稍有碰撞就会破裂,那么,我们这些新晋父母在某个精疲力竭、神志不清的时刻,都可能会摇晃婴儿。)

当然,我们不摇晃孩子的原因,那个唯一能让我们感到满足的东西——尽管很多时候它是以偶尔的、诱人的涓滴,而非哗啦啦拧开的水龙头的形式来到我们身边——就是作为妈妈所感受到的"不可能的喜悦"。在一个再普通不过的午后,在一个到处丢满了积木的房间,你的内心因为无聊正在慢慢干涸,此时你那17个月大的孩子忽然第一次开口对你说:"我很快乐。"于是,你哭了。这就是你给他取名阿什(Asher)的原因:希伯来语"快乐"的意思——这也是你一生努力想要抓住的情感。

所以我一直在翻来覆去地思考:我去买吧唧吧唧这种小事,真的有可能是一个有意义的故事,是英雄之旅的一部分吗?在试图消化这个想法的过程中,我想知道为什么自己内心会产生这样的抵触情绪,不相信我作为一个母亲所做的这些事情居然也能成为书中的一页。其实不用花很长时间,我就可以找到答案,那就是在流行文化当中——至少在美国,过去不知道多少年都这样——母亲的付出被人认为是如此理所当然，以至于这不仅是一个无足轻重的故事，甚至根本就成不了一个故事。

为了说明这一点，我请你描述一下对"妈妈博客"这个词的直觉感受。必须承认，就我个人而言，这个词就像一只蚊子，又小又不起眼，不值得关注。如果你也有这种感觉，不必感到内疚，我们只是都已经内化了这样一个观念：当"妈妈"这个词被作为形容词来使用时，我们会自动矮化后面的任何名词。我敢保证，如果海明威还活着，并在网上开一个写他作为父亲的经历的专栏，没人会把它叫作"爸爸博客"，人们会称之为"丧钟为他妈的谁而鸣"（原谅我说了脏话）。

我们之所以对"妈妈"这个词有这样的看法，是因为我们生活在这样一个世界，电视里的大多数母亲通常出现在洗衣液广告中。她们留着标准的主妇发型，唯一的追求就是让孩子的衣服保持绝对洁净。顺便说一下，我敢说这是一个无法实现的、堪称自虐的目标。是的，我知道这只是一个洗衣液广告，这些姑娘可能不需要一个详细的、戏剧化的背景故事，提醒你她们大学时期的嗑药史。然而，你可以强烈地感觉到，如果这个女人的生活在某个衍生剧目中展开，那么它仍然会是关于除垢和污渍的，别无他物。没有故事，没有旅程，只有此刻的污渍和下一刻的污渍，循环往复，就像那台嗡嗡转的洗衣机一样。

在听过吉尔伯特的采访后的几个星期,我越来越意识到,为什么写这本书的开头艰难得像举起一副沉重的杠铃,为什么它让我在那么多个下午坐着发呆,令人痛心地虚度时光。原因正是:书写母亲的内心恐惧让我丧失行动能力。我担心任何在书店随手拿起这本书翻看的人,看到里面讲述的是妈妈的故事,就立刻联想到那个洗衣液的广告世界。而显然,那个世界里所发生的一切都不值一读。尽管自己都闹不清楚原因,但我一度搜肠刮肚地寻找其他可以书写的内容——相信我,我多么希望我写下的故事是过去两年自己在伊比萨岛裸体海滩上和一个年轻鞋匠的艳遇。但我过去两年并不是如此度过的(说实话,其实哪一年都不是)。过去的两年,对我来说,可以被称为吧唧吧唧年。但自从听了吉尔伯特的话,我才知道,虽然这是部分真相,但真相却不止于此。

事实上,母亲的身份就是一段英雄之旅。对我们大多数人而言,这不是一次走出去的旅程,不是去最神奇、最遥远的地方,而是向内走、向深处走,到达你力量的最深处,到达你内心最深处所埋藏的连你自己都不知其存在,但定义了你的核心。于是我对自己说去他的,然后为了冷静,吞下一片阿普唑仑[①],抛开顾虑,开始写这本书。这一

---

① 一种用于治疗抑郁、焦虑和失眠的处方药。——译者注

切让我明白了一件事：之所以绝少有人将母亲的身份作为一个故事来讲述，背后确有原因。

对许多人来说，我们最安全、最甜蜜、最早期的记忆是依偎在母亲的怀抱，奶足饭饱，睡眼惺忪地埋进她柔软的臂弯，她轻轻摇晃着你，口中喃喃哼唱，让你进入梦乡。如果你明白母亲的经历本质上是一次英雄之旅——如果这在某种程度上是我们文化中的一个已经确立的叙事——你就必须同意，这种身处子宫般的安全感，这个构建我们身份认同的基础，往往只是一种幻觉。你必须意识到，当你在母亲怀里享受静好时光之时，一场如英雄们闯出火墙时所历经的那种史诗般的战役，正在你的头顶上激烈展开。没有人愿意相信，在你感觉最安宁的时刻，那个温柔怀抱你的女人，正在为你挡住她自己手中的剑。

你认识的每一位母亲都与自己进行过这场交战。悬在她头上的剑是一把疲惫的剑、挫折的剑、忍无可忍的剑；是当她坐在椅子上用了3个小时也无法哄你入睡，膀胱几乎要像水球那样爆炸的剑；是她为了带你去公园在尿布袋里装满了数不清的东西，却因此没时间吃饭的剑；是她坐在潮湿的沙坑边上，抽空往嘴里塞一块奶酪条的剑；是她对自己如此频繁地需要看起来和表现得像个动物，而感到自己很少像一个人的愤慨之剑。最重要的是——这是最锋利的事实——它是愤怒之剑：愤怒和震惊于她必须如何彻底自我牺牲，才能保证她的孩子还活着。

而最终，对"不可能的喜悦"的希望几乎总能战胜"不可能的折磨"。我之所以知道这些，是因为我还活着，正在写这本书，而你也活着，正在读这本书。这意味着我们的母亲都有了英雄的事迹：她们让我们都活了下来，活到有一天能讲述自己的故事。我可以告诉你们的是，母亲的英雄主义来自她吞下上述那些"剑"的能力，她吞下痛苦和挫折，把一切都藏在心里。没有人愿意相信，他们的母亲，那个包容一切、源源不断给予你无条件之爱的人，在极为愤怒或苦闷的时候，也会偶尔达到她的极限。可她确实会抵达极限。没有人想知道，当母亲终于把你放进婴儿床，并且走出房间之后，她会把头埋在毯子里大叫，或者躲在浴室里哭泣，或者灌下一整瓶酒，或者把上面所有的事都做一遍。没有人想知道，当她轻摇着你，为你哼唱这天晚上第10首摇篮曲时，她正幻想着把你放下，走出门，不再回来。

母亲的英雄之旅不在于她如何离开，而在于她如何留下。

蝴蝶

"儿童天地"(Kidspace)给我发了一封电子邮件。这是一家我们偶尔会去参观的儿童博物馆。当然,我是他们家的会员——当你有孩子后,你会拥有数不清的会员身份,每个地方大概只会去3次。现在是蝴蝶季,周末会有蝴蝶套装出售。在家里养一条自己的毛毛虫,把它培育成蝴蝶,这听起来似乎是个好主意,一个没毛病的主意。利用一个不需要怎么操心的漂亮宠物,科学和学习被融合到一次简短的体验当中。我们有本叫作《好饿的毛毛虫》的书,已经读过上百遍,如今终于迎来了身体力行的机会,可以亲眼见证自然界最神奇的转变之一,同时近距离目睹这个世界上最常用的一种比喻对象——翅膀。一切仅需15美元。

我一直觉得自己不是个好妈妈。阿什现在已经到了我应该教他……怎么说呢,一些事情的时候了。那个只需要我教字母、颜色和数字这类知识的阶段已经过去(这方面我们轻松拿捏）。到了这时候，有待学习的范围已经无限扩展，甚至比我童年时还要更广阔。我出生于1975年。在1975年，世界上所有的知识都写在爸妈卧室书架底层一套12本红色的百科全书当中。虽然上面的字小如沙粒，不过毕竟将世界上所有的知识都装下了。但也许有那么一两次在学校活动中，我试图在索引（索引就是一本书）中查找一些东西，却一无所获。于是我告诉自己，我要查找的东西要么不重要，要么就不存在。然而现在已经到了21世纪，人类的历史又增加了40多年需要我们去了解。庆幸的是，今天有互联网可以教给我们一切。不过阿什现在还太小，在他能上网之前，我就是他的互联网。但新的问题是，我这个互联网应该从哪里开始教？

　　蝴蝶似乎是个不错的开始。即使只是想想这个计划，也让我充满了一种终于做对事情的幸福感。我不是经常一个人带儿子出门，这个几乎没有人行道的城市让我害怕。即使车技不错，开车带儿子出行也让我觉得不安全。实际上，我几乎从不单独带儿子行动。我的计划是：带儿子去儿童博物馆，在那里度过一个美好的下午，再买条属于我们的毛毛虫，然后一起培育它，看着它变成蝴蝶，然后静静地相视而笑，仿佛我们正置身于某教堂或有机纸尿裤的广告之中。

　　但真正发生的事情完全不是这样。现实是，我们的保姆露西带阿什去了儿童博物馆，他们在那里买了毛毛虫套装并带回家。在我的想象中，那应该是某种手工制作的小小栖息地，就像瑞典的婴儿床。但当我下班回家，见到的只是一条小小的透明管，像是某种处方药的容器，它的底部铺着一些棕色的凝块，看起来像狗狗拉的稀。毛毛虫没有做任何招人喜爱的事情，比如啃啃树叶或者做做记号。它头朝下贴在盖子下面，一动不动。当我想看清它时，忽然想起自己其实是怕虫子的。抽象地说，我一直以为毛毛虫的绒毛能让它稍微不那么让人讨厌——更像是一只非常小的、修长的狗——但近距离观察时你会发现，这只毛毛虫并不真的有毛，它的身体看起来更像橡胶。在如此近距离的观察下，我突然可以看清它傻乎乎又吓人的小脸，两只白头粉刺一样的小眼睛（哦，天哪，那是眼睛吗？）和某种类似黑洞的嘴巴。对我来说，触碰虫子是绝无可能的。即使我们之间隔着一道封闭的塑料墙，当它动起来的时候，它的脚直接与我捏住塑料管的手指相对，这一幕还是让我感到毛骨悚然。我轻轻地把管子放到桌上，而我脖子上的汗毛已经完全竖了起来。尽管如此，我还是想努力成为一名伟大的妈妈，一个大地之母，于是我问阿什，他想给蝴蝶起什么名字。

"巴斯特。"他坚定地说道。

我望着巴斯特。

"欢迎回家,巴斯特!"我说。

巴斯特又一动不动地蜷在盖子上了。

我心想:老天爷,这玩意儿可真恶心。

尽管对巴斯特和它那满是粪便的管状住宅感到无限反感,但我仍然有一种母亲般的保护欲,要确保这只毛毛虫生存下去。说是这么说,在这个阶段,我们几乎没什么可做的。它靠那些稀狗屎般的食物为生。根据套装附带的说明,我们能做的就是等待它来到盖子下,并像钩子一样倒挂的那一刻。这意味着它在告诉我们,它要变成蛹了。我们必须把它(连同盖子)空运到一个围栏里(他们建议在去掉盖子的鞋盒上套一个网罩)。当它破茧而出后,还需要在鞋盒里待上一两天,直到翅膀晾干(呃?)才能放飞。

在那一刻到来前,我们的主要任务似乎是不让管子受到阳光直射,因为巴斯特可能会被烤焦。我在想该把管子放在哪里才能保持凉爽。无论放在哪里,它都有点碍眼。最后,它被我们放到餐厅的一个柜子上面。这个位置很安全,没有阳光直射,但我又开始担心巴斯特没有多少景观可看。它旁边是一叠犹太食谱。哦,好吧。没准儿这样正合适。它能见到的主要是三个犹太人(两个大人和一个小孩)以及一个负责照顾小孩的墨西哥女人的来来往往。神秘的宇宙让我们在这个特定的时刻,成为生活在同一屋檐下的室友,每次想到这一点,我都会大受震撼。

每天吃早餐时，我都建议阿什去看看巴斯特。我们把管子放在桌子上，但它似乎没有任何变化。偶尔它会突然活跃起来，扭来扭去，小腿儿四处乱蹬。但在大多数情况下，它都安静得令人害怕。我很担忧生与死的界线太过脆弱，一个原本关于生命的有趣项目变成了关于死亡的忧郁课程。阿什还不知道死亡意味着什么。如果巴斯特倒下了，我不想因为花了15美元就被迫进行一场有关存在主义的讨论。

我经常查看巴斯特的状态，在深夜或清晨紧张地窥视它的管子，就像我从前查看还是新生儿的阿什一样。尽管我应该为它似乎（暂时？）还活着而松一口气，但又由于没有进展而感到沮丧。它来这里只有一个原因，就是要表演它那一生一次的魔术，在此之前它所做的一切都不值一提。这就像你去看加油合唱团（Go-Go's）的演唱会，她们不唱《假期》，只想着表演新作品。这些新玩意儿就是裹满棕色黏液，然后戳在药盒里一动不动。我心想，赶紧加把劲啊，巴斯特！当有人来访的时候，我发现自己紧张到要开玩笑，为巴斯特的外表开脱："对不起，我知道它不会让你胃口大开。"虽然似乎没有人关心它，但我却越来越欲罢不能。我为它还没有结蛹而懊恼，但我也不是个彻头彻尾的恶魔——我灵魂深处的一部分与巴斯特的幽闭恐惧症深深地共情。被关在这个小管子里，它怎么可能开心呢？

我觉得自己对它的困境负有责任。我是儿童博物馆残忍对待动物行径的参与者。尽管这个小家伙形态丑陋，但我竟然认为将它关在一个只比顶针稍大的空间里如此之久是可以接受的。通常情况下，这个过程会在大自然中进行，就在……嗯……我怎么可能知道毛毛虫准备结蛹的时候会待在哪里？也许在田野间？树洞里？但不管在哪里，一定比现在好。然而，我并没有真正考虑过我对它的小牢房的担忧与我急切地想让它结蛹之间的矛盾。毕竟，显而易见，蛹是一个生物可以身处的最小空间，甚至比这个管子还要小。

我是这个家里唯一放不下巴斯特的人。也许这是因为我是唯一把自己投射在它身上的人。

巴斯特抑郁了，我想。

阿什还有几个月就满4岁了。在过去几年里，我一直过着如同身在管子里的生活。我的体重超了20磅[①]，在洛杉矶、在婚姻中、在我的家里、甚至在我自己的皮囊里，我都感到格格不入。即使一直在家，我也很少感到自在。我是需要全权负责孩子的人，我四处转悠做着妈妈该做的事情，但我永远无法完全认出那个人就是我。对我来说，作为一个小孩子的母亲，每天至少要发生一次恼人的小插曲

---

① 1磅约等于0.4536千克。——编者注

（其实没什么特别的，但当你有一个孩子时，普通的插曲会让你同时感到疯狂又平庸），这让我幻想离开这管子、这鞋盒、这家，离开所有的一切。当然，我永远不会真的离开，但这种想法一直在我的脑海中反复。

幸运的是，我得到了一个独自去纽约出差的机会。我对能单独在酒店待上4个晚上感到兴奋。在我有孩子之前，我想不到独自坐在酒店的吧台前会这么爽。现在，这成了我生活中最大的乐趣之一。我从骨子里怀念纽约，怀念走路，怀念看风景，怀念推开门就是熙熙攘攘的大街，那里每时每刻每个街区都上演着人间百态。

离开家的那天早上，我一边匆匆忙忙地把安眠药和USB线扔进手提箱，一边告诉迈克要照顾好巴斯特，不要让太阳晒到它，还有当它变成蛹时要把它移到鞋盒里。毫无疑问，迈克对这些一无所知。"看说明书就行。"我长话短说。但他不知道说明书在哪里。直到出租车已经到了，我们才慌慌张张地找到那份皱巴巴的说明书。

飞机还没降落，我已经开始担心巴斯特了。

我到了酒店。由于我此前在这个酒店住过几次，所以我搞不清楚自己作为"受欢迎的顾客"现在处于什么地位，但我极其希望能够得到一个在角落的房间，因为我已经变成了那种神经质的人。当前台告诉我我想要的房间没有的时候，我说："啊，没关系，给你们添麻烦了。只是，你知道，我是一个3岁孩子的妈妈，这是我的短暂工作旅行，我必须充分利用它……"当我说这话的时候，我自己都开始讨厌自己。前台告诉我，还有一个更好的房间，但价格更贵。我听了报价，直接清醒了，我正准备说，哎，算了，巴斯特还要吃东西呢（它需要吗？）。恰在此时，前台露出了"等一下"的表情，然后经理出来了，他们在电脑前咔咔敲了几个键，突然对我说："要不这样！我们就用同样的价格给你升级房间吧。"我的天哪！我现在住在12楼，有一间角落里的浴室和一间角落里的卧室。我做到了！我逃出了家，就自己一个人，我又是我了。

我是吗？我不再知道自己是谁了。因为此时这里已经变成了远方，而这具躯壳也不再属于我。但我知道，曾经我的身体、灵魂在这里生活过、爱过、存在过。我像海星一样摊开四肢躺到床上，从床上可以看到自由塔和我从小长大的街区，听到一浪接着一浪的车流和人潮涌动的声音。那是我的海洋之声，我的子宫之声，是我活在纽约城那小小的茧里所听见的声音，我整夜醒着，被它塑造，不论好坏。

那天晚上，我在酒店的酒吧吃了一大盘意面，喝了一杯马提尼，和老朋友们发发短信。我坐在休息室的沙发上，一边读着玛丽·卡尔的《自我与面具：回忆录写作的艺术》，一边观察那些莫名其妙比我年轻的人。除了这一刻，他们的生活我现在已经没有机会了解了。我看着他们以年轻人独有的酷劲儿穿过休息室,往里面更凉快的地方走,他们跨越空间的行动是某种程度上的自我展示,让你因为打量了他们而感到不好意思(他们甚至不用看你就能达到这种效果)。

坐电梯回到房间后,我跟阿什视频通话。他对我身后大楼的灯光很感兴趣。他没怎么见过这样的大楼,因为我们在洛杉矶住的地方都是矮房子,也没有这么多灯火。他试图弄清楚我在哪里,为什么到了一个昼夜不同的地方我还是他妈。而我正在试图搞清楚,为什么回到了这个住过40年的老地方,我的感受却如此不同。

"巴斯特怎么样了?"我问。

"还没结茧。"迈克说。

我心想,巴斯特,搞什么鬼?

现在是四月的最后一周,这意味着我碰巧赶上了纽约一年中难得的几个好天气。气温有21度,天空湛蓝,晦暗的冬天已经过去了,春意正浓,每个人都迫不及待地脱掉羽绒服,甚至跳过一个季节,几乎要什么都不穿了。整个城市感觉像刚刚睡醒,准备开始新的一天,于是轻轻扭动身躯,看是否有人对晨间性爱感兴趣(是个人就有兴趣。或者说,感觉每个人都有兴趣)。

第一天,我在市中心要参加两个会,中间相隔5小时,这把我给累坏了,但我没有足够的时间回酒店小睡一会儿。于是,我决定去现代艺术博物馆走走,做个大白天独自坐在博物馆里吃午饭的人,享受这浮生半日闲。

距上次来这里已经差不多10年时间了,但当我行走于博物馆时,回忆翻卷而来。我回想起上小学时,父亲带我来这里;等到上了大学,我独自前来,坐在杰克逊·波洛克最著名的抽象画《薰衣草之雾》前面的长椅上,摆出一副"我在认真欣赏一幅画"的样子。我走过约瑟夫·康奈尔的盒子装置,想起自己在艺术史论文中写过它们;我走过胡安·米罗的《世界的诞生》。我很开心能来到这个青年时期度过了许多时光的地方,但看到的美好事物越多,我就越感到怀旧的潮水向后退回到一个更为悲伤的情感海洋,直到我有足够的时间观察面前成百上千的人——那些游客和戴着蓝色圆框眼镜、几何形状耳环的怪异纽约老太太们,以及所有看起来属于和不属于这里的人——正和我做着一样的事情。他们都走得很慢,没有人赶时间。就在时间一分一秒地过去,我要去参加下一个会议时,我突然意识到自己正在哀悼生命中逝去的时光。那时候的我可以尽情挥霍时间,一整个下午什么都不做,只是欣赏艺术作品,沉溺于快乐的自私当中。我可以只是探索自己和某人审美观点之间的关系,而不是对着一个小男孩尖叫,命令他不要再把西南航空公司的玩具飞机扔到我脸上。最后几分钟,我走进花园,坐在一把钢丝椅子上,试图将阳光和宁静留在身体里。在这里,我感觉自己回到了从前,但我知道这并不是真实的——就像在梦里,一个去世的人来看你,一切如此生动真实,让你永远不想醒来。然而,没有悬念地,你醒了过来。

回家前的那晚,我正在和阿什视频聊天,迈克出现在屏幕中,告诉了我一个消息。

他说,巴斯特已经变成了蛹。

回到离开了几天的家,我径直穿过门厅,给了阿什一个大大的拥抱,然后就跑到厨房去看巴斯特。其实我不太清楚对一个蛹应该有什么期待。"蛹"是一个美丽的词,让人联想到某种美丽的半透明球体,一个焕发出勃勃生机的斯皮尔伯格式外星飞船。然而,它看起来并非如此。已经转移到鞋盒里的它看起来更像一个腐烂的迷你香蕉,比拇指略短,凭游丝之力悬挂在鞋盒半空。我原本梦想着回到家能看到那个塑料管里的丑虫,变成一个散发着生命光辉的艺术装置。如今这个梦想破灭了。而由于这个东西占地面积更大,以至于还在家里变得更碍眼了。

但不管怎么说,我们离一直期待的转变又近了一步。说明书上说,巴斯特要在里面待上两周。在这段时间里,我觉得自己像一个忧心忡忡的丈夫,妻子分娩在即,除了紧张地搓手,什么都做不了。我仍然是家里最关心巴斯特的人。3岁的阿什每天和我一起查看巴斯特的情况,但我不认为他像我一样始终把巴斯特放在心上。我不知道迈克对巴斯特的看法,因为眼下我们的婚姻关系很紧张,以至于我无法确定他对任何事情的看法。如果必须大胆猜测,那么我想他会认为一切都会好起来,巴斯特也会好起来。这不是以偏概全,但所有的男人都认为只要有人操心,那么任何事情都能挺过去。也许我一直想着巴斯特,是因为除了危如累卵的婚姻生活外,我刚刚完成了一份艰难的工作,而新的工作还没有找到,因此除了盯着巴斯特发愁,我实在无事可做。但俗话说得好,被疯狂窥视的毛毛虫永远不会蜕变,所以我尽量让自己分散注意力。

每天早上,我会沿着家附近的水库散步,这是一种惬意的享受。洛杉矶的人行步道可谓稀缺品,因此任何离家近的散步都是一种福气。遗憾的是,这条步道只是一条并不太长的2英里①环形小道,沿途有些地方景色优美,还有些地方就差点儿意思。沿途种着桉树,远处能看到山峰,还有土路,对于爱跑步的人来说这很不错(对我来说无关紧要,因为不知道是怎么了,我现在已经又老又废,跑不动了)。还有一点始终不太好,就是水库几乎完全被高耸的

---

① 1英里等于1.60934千米。——编者注

带刺的铁丝网围起来，这是它从前作为饮用水源需要被保护起来的历史遗迹。如今这水库只是作为景观而存在，围栏的存在破坏了景致。我知道自己这种想法相当消极，但最近的我已经变成了人生风光被遮住一半的那种人。我是多么渴望自己的生活中有一些纯粹的美：我相信，其中的部分原因是洛杉矶有一种无情的"带状超市疹"般的丑陋；另外一部分是因为我仍然无法摆脱照看一个非常小的孩子的苦行，每个晚上几乎都待在家里，从晚餐到洗澡到讲故事和睡觉的两个小时里，时间被碾作磨人的碎片，简直度日如年，唯有一地塑料玩具随我们在房间之间拖曳出轨迹。

我想去个美好的地方，看些美好的事物，或者做一些、感受一些美好的东西，但我感觉自己被困住了。一到晚上，阿什需要我、离不开我，把我拴在他身边。当我早上绕着圈散步的时候，我试着把注意力集中在远山上，而不是眼前的铁围栏。每天晚上，当我看着巴斯特的时候，我总忍不住想会不会出了什么问题。我的脑海里冒出一个念头：这或许是儿童博物馆的一场骗局。我接着想，当我这么盯着蛹看的时候，我正在目睹一场由教育工作者所炮制的骗局。

然而……

一天早上，我走进厨房，看向巴斯特的鞋盒小屋，我看到它的身体一半在蛹里面，一半露在外面，一只亮橙色的翅膀已经探了出来。蛹已经因为褪色变得苍白，它处于一种中间状态，既像是巴斯特新身体的一部分，又同时在脱离它的新身体，如同一个刚用完还没有摘掉的避孕套。我高声大叫，喊来了迈克、阿什和露西，我们都看得目不转睛，因为说实话，这太神奇了。就在当天，另外一只翅膀也探了出来，于是就在我没有瞧见的某个时刻，巴斯特已变成了一只蝴蝶，静静地停在鞋盒的底部。根据说明书的要求，露西把一片橙子塞进盒子里，还有一根小木棍（我不确定它的用途：栖息？制造氛围？）。无论如何，最后一条说明是，等它的翅膀干燥两三天后，它就可以被放回……野外？（反正就是洛杉矶，不论我们把它叫作城市，还是其它什么地方。）

迈克和我都同意，我们需要让阿什在感情上为放走巴斯特做好准备。虽然它可能只是一个临时的宠物，但它仍然是阿什迄今为止唯一认识的宠物。午餐时，我告诉他，巴斯特很快就会准备好飞走，这是件让人开心的事，我们应该为帮助它走到了生命的这一阶段感到自豪。我告诉阿什，我们需要鼓励巴斯特。阿什问我："这是什么意思？"我想了一下，说："就是说我们要告诉它，我们相信它。"

在放飞巴斯特的前一天晚上，在其他人上床睡觉后很久，我依然没有躺下。我又去看了看巴斯特，为我们能走到今天感到欣慰。清晨的时候，我看到它停在那片橙子上，这让我开心到自己都觉得尴尬的程度。现在它又回到了鞋盒的底部。它静止不动，然后试着轻轻扇动翅膀。我对蝴蝶一无所知，但我总觉得它看起来似乎有点小。蝴蝶破蛹而出后还会继续长大吗？巴斯特的颜色是橙黑相间的，像帝王蝶，但是体形相当小。我怀疑它其实是一只蛾子，兴许博物馆虚假售卖给我们的是一只蛾子。为什么事到如今我还在担心巴斯特的某些方面不够好？它是一只足够漂亮的蝴蝶吗？我做得够吗？让阿什学会理解成长和生命足够了吗？

我决定了，我要给巴斯特换一片新鲜橙子。

到了星期六下午，迈克、阿什、阿什的保姆劳拉还有我，以非常小心甚至是温柔的方式把巴斯特的鞋盒端到后院。我想象巴斯特肯定会迫不及待地飞出去，为了不让它的脚碰到我的胳膊，我一把迅速扯掉盒子上面的网罩，但巴斯特一动不动。我们在沉默中注视着它，想必它的感觉不会太好。

忽然，阿什说："你能做到的，巴斯特。"

话音未落，巴斯特如同出膛的炮弹一样飞了出去。阿什在些许害怕和些许兴奋中闪开身子。巴斯特在飞越我们家的栅栏之前，在空中兜了一小圈，然后它飞越栅栏，又越过了一棵树。它飞走了。

我想不到的是,眼泪滚落我眼眶的速度,如此之快。

我以为阿什没有认真听我解释什么叫作鼓励,但他其实听进去了。现在的他对一切事物都很关注。我以为他会错过的每件事情他都抓住了,包括那些我希望他能忽视的事情,比如我们一起玩小车时我瞥了一眼手机,或者我用一种过于尖刻的语气对迈克说话,又或者我是如何一直在努力保持存在感,做我那美丽而敏感的儿子所值得拥有的母亲。但现在,他偶尔可以听进去那些我真的希望他去听的话,这一次他鼓励了巴斯特。"你能做到的,巴斯特。"巴斯特一听到这话,立刻就做出了决定,于是它飞走了。它自由了。当然,它需要的只是一小段时间。自由是可怕的,但你可以随时去追求它。忘记这一点是那么容易。不自由也是那么容易。

我们都需要来自朋友的鼓励。

在接下来的几个星期,阿什偶尔会问我,巴斯特此刻在哪里。"你觉得它在哪里?"我反问他。阿什认为巴斯特可能在一片灌木丛或一棵树上,又或者在一片叶子上。我不知道蝴蝶的寿命有多长,所以我告诉阿什他可能是对的,尽管我猜巴斯特很可能已经死了。后来,每当我们看到一只橙色的蝴蝶,都会说:"也许那就是巴斯特!"我不知道我们会这样惦记多久。永远吗?但终会有那么一天,阿什不会再提起它。

又过了几个星期,当我把阿什送到学校后,我换上鞋去水库边散步。我很想回忆起这件事发生的确切时间,但由于我的时间线上已经没有太多的情感标记,所以我想不起来。我知道自己去了纽约,回来后我们放飞了巴斯特,但除了这些事情,我能记起来的就是我接下来准备告诉你的。其他的事情都缺乏细节地混在一起,例如给阿什洗澡、读故事书,在床上和阿什甜蜜地握着手,与丈夫争吵,从阿什的房间回到我的房间,渴望有所改变,渴望自由,梦想一个戏剧性的转变能够把自己变回纽约市博物馆里的那个往日的我,只欣赏美,靠近美。

我要告诉你接下来发生的事:我走在水库边的步道上,看着远山,旁边还是那该死的丑陋的栅栏。突然,我看到一只小帝王蝶——体形偏小,更像一只飞蛾,正从半空中飞下来。真见鬼!它看起来真的很像巴斯特。它在我的头顶上方舞动,就像要跟我打招呼,整个感觉就如同迪士尼电影中俗滥的套路那样,几乎要让我笑出来。随后它越飞越低,像一个优雅版的注定要坠落的螺旋桨飞机,直接落到我脚前的地面上。我站住,蹲下身子,看着它。考虑到它那么多腿都站得很好,这是一次完美的着陆。然而,它不再移动了。它不动了。

它死在了我的脚下。

那些时光啊……那些等待巴斯特不再是毛毛虫的时光，那些等待它成为另一种东西的时光，那些等待它转变，等待它快点长大，担心它在破茧蜕变之前死去的时光啊……

也许，就像阿什一样，即使我以为它并不在意，但巴斯特是理解我的。也许，巴斯特这么做，只是想让我知道这一点。（当然，这不可能是真的，但如果我这么认为，它怎么想就不重要了。）

也许，它只是来提醒我。

也许，它只是想鼓励我。

在星巴克卫生间的地板上

我坐在星巴克卫生间的残疾人专用隔间的地板上,阿什蜷缩在门边,他小小的慢跑裤和崭新的条纹内裤垂在脚踝上。我恳求他,乞求他,没有什么好害怕的,拜托,拜托,坐在马桶上尿吧。这场好戏始于20多分钟前,当时我还保持着棒球捕手的半蹲姿势,直到膝盖开始作痛。我放弃抵抗,盘腿坐在地砖上,这个公共卫生间对我来说已经没有什么卫生禁区了。

透过隔间门下的空隙,我能看到其他女人的脚,她们可能是二三十岁的女人,只是进来小便或洗手(像正常成年人一样)。她们会在这里停留片刻,然后回到自己的生活中。也许她们会去喝一杯,或者和男朋友上床,或者购物,又或者她们只是倚在沙发上看一本杂志,然后慢慢睡着。无论她们在做什么,我都觉得她们会听到这出在隔间里上演的闹剧。有那么一瞬间,我想起了自己有孩子之前的生活，那时的我会经常路过正在崩溃的父母和他们的孩子。我总是用余光看着他们，然后尽情感受混合着同情、烦躁以及庆幸自己不是他们当中一员的情绪。看见一个躺在地上尖叫的孩子，就如同看见一个满得溢出来的公共垃圾桶，不会让人想要多看一眼——只有马虎的人才会落到这种境地，我不会花比路过他们更多的时间去想这些人。现在我知道，对于这些女人来说，我就是那个满得溢出来的垃圾桶。我就是公共场所里的污点。但我还是一个人，而此时此刻，我的心里百感交集，其中很多情绪都让我极度希望自己能够钻进卡通片里的那种黑色圆圈里，然后变成地上的一个洞，这个洞可以把我带到别的地方，比如中国。

约瑟夫·坎贝尔的英雄之旅的第二步叫作"拒绝召唤"。这一步发生在英雄以某种方式被选中去迎接一项非凡的挑战之后。这个挑战需要英雄们跨越一个界限，放弃他们一直以来熟悉的生活。在神话中，英雄（其本人还不知道自己就是英雄）决定不接受挑战，也许是因为挑战太过艰难，或者令人过度恐惧。于是他宁愿继续按照原来的方式生活，想着或许有其他人可以接受这个挑战，或者盼望着挑战能够凭空消失，问题可以自行解决。

当迈克说我们需要训练阿什上厕所时，我就是这种感觉。

此时阿什刚满3岁，还在用纸尿裤。这很正常，他的几个朋友也是如此。不过，也有不少孩子来我家玩的时候穿的是内裤。迈克听说过一本书，里面说存在一个"窗口期"。在这个窗口期内，孩子会对在马桶里小便表现出兴趣。窗口期的开放时间很短暂，发生的频率就像日全食一样罕见，但这正是如厕训练的黄金时间。如果你"错过"这个窗口期，把训练拖延到他兴趣减退之后，那你就永远地完蛋了。尽管我认为他说的这个理论很荒谬，但弗洛伊德有关性心理发展肛门期的说法更让我困惑，他认为一个肛门期发育停滞的人可能会形成肛门滞留人格，甚至可能成为一个连环杀手；或者走向另一个极端，成为一个霸道的自恋者，极度厌恶边界，也同样可能成为一个连环杀手。难道这就是宿命？因为我没办法教阿什上厕所，阿什就要面临这样的人生结局。

我想，如果你没有孩子，你可能不会知道如厕训练意味着什么。如果你有孩子，但你是个男人，你可能会把弄清楚这个问题的大部分工作都推给你的妻子（请允许我在这里向大家说明，我真的不是在贬低男人，因为在我们家，我是那个试图推卸责任的人）。如果你就是上面那位妻子，那么请允许我详细讲述一下我们的遭遇，以致敬你和我。

在开始实际训练前，你必须去买一本关于如厕训练的书作为你的指导。光买是不够的，你还要读完它。下面是我对所有这类书的总结：它们不必做成书。它们应该做成小册子。它们令人震惊地像一本正经的书那么长，仿佛它们是《在路上》《金翅雀》《我知道笼中鸟为何歌唱》这些我们为了快乐或滋养灵魂而读的书。但我读它们可不是为了这些目的，我是在努力让孩子不要在地毯上大便。我这么说可不是要阻止任何人写这件事情，我要说清楚——我不但愿意全价购买这样的小册子，还愿意为了它的简单明了付更多的钱。少写一个字，我就多出一块钱。我想要的只是一张写满要点的纸条，告诉我让阿什摆脱纸尿裤最少需要做哪些努力。悲哀的是，这样的东西似乎并不存在。

迈克和我都多次阅读过其中一本书。直到第七章，作者还没有说要如何训练如厕。这本书的第三章只是警告你不要错过那个该死的窗口期——**也许你错过了我对你这本破书感兴趣的窗口期！**而不管怎么样，即使用荧光笔做了标记，我还是不得不数次回头去重新理解各个阶段和时间安排。什么事情能比读一本如厕训练书更糟糕？那就是你必须反复重读这本书。

结合图书和互联网上的信息，我们终于对要做什么有了想法。首先，（在购买并讨厌一本书之后）买一个小塑料马桶，作为孩子的训练便盆。它需要有一个可拆卸的底部，因为你需要在孩子便后清洗里面的屎尿。手洗！我清楚在此之前我们已经无数次处理过孩子的纸尿裤，而纸尿裤里也满是屎和尿，但在我看来处理纸尿裤要比在水槽里洗马桶干净得多。这玩意儿洗起来像是一个盘子，但它实际上被用作马桶。整个过程实在令人作呕。

训练将从周末的"新兵训练营"正式开始，最最恐怖的是，在这段时间里我们不能离开家。按照要求，阿什应该穿着上衣，但不穿纸尿裤和裤子（尽管如厕训练书并没有这样称呼，但我总是将这身打扮称为"猪小弟范儿"）。能够直接看到自己的屎和尿（如果它们被排泄到厕所以外的地方）会让阿什意识到它们的新归属应该是卫生间的下水道。在家48小时不间断地伺候我那半裸的孩子，这个主意听起来比在家里伺候穿着衣服的孩子1小时要糟糕48倍。重点是要让他靠近卫生间，这样就可以在屎尿来袭那一刻，及时把他拎到便盆上。我试着和迈克讨价还价——我们能不能去门口透一两次气？但他是一个严守规则的人，认为哪怕只离开片刻——哪怕是一秒钟——都会导致前功尽弃。他这么想毫不奇怪，因为正是他相信一旦我们错过了窗口期，就会迎来灾难性的后果。作为"窗口期"理论的怀疑者，我继续反驳他。就这样，我们就能否出门片刻而争论，仿佛两位拉比在辩论犹太教法的精髓——也就是说，我们就那些在微观层面上都毫无意义的分歧展开了唇枪舌剑。

这个过程所带来的幽闭恐惧是顶级的。那感觉就像是设计一个飞往澳大利亚的多段航程，但终点站却不能是澳大利亚。我感觉自己掉进了一个装满龙虾的笼子。把这些话写出来并不容易，我知道这会让自己显得像个糟糕的母亲。我还知道，这本书会让自己显得像个糟糕的母亲。然而，如果我告诉你，我并没有将这段旅程视为畏途，那么这是在说谎。"如厕训练"这个词的轻巧和萌萌的感觉让我心中升起了一股怒气，好像这件事与真正的努力或真实的人没关系。我还没有读到其他女性（或男性或任何人）对这个里程碑事件表达过类似的强烈感受，这让我对自己如此急于逃避责任而感觉更加糟糕。也许"坏妈妈"的定义指的是那些其实做得还不错，但却对这个问题想得太多的人。

便盆到货后，我从纸箱里把它拿出来，摘掉塑料套。便盆有多种颜色可选，但不知道为什么，我选了蓝绿色。买的时候这似乎是最好的选择。但除非你是在为佛罗里达州体育特许经营公司设计队服，不然蓝绿色往往是最差的选择。这么看来，最差的选择才是人类的真爱？

有那么一刻，这个丑陋的蓝绿色便盆和我相互凝望。这是英雄之旅对我的召唤，它不像莱娅公主的全息影像那样具有象征性的电影效果。但无论如何，这个由亚马逊送达门前，在遥远的外国某地组装的塑料视觉污染物，是我的使命召唤。

我拒绝召唤。或者至少，我拖延了一阵子。我把它塞到我儿子卫生间的水槽下面，然后走开。

在我把便盆藏起来几周后的一天晚上，阿什洗完澡后四处捣鼓。他把便盆从水槽下拽了出来。他瞅了一小会儿，忽然开始对着里面尿。哗啦啦，一滴没洒。

迈克和我对视了一下。迈克说，窗口开放了，到时候了。

在孩子光屁股、家长不出门的周末前的星期五晚上，我去药店看看我的阿普唑仑是否还有剩余，结果是没有。哈，怎么会这样？真是命运的捉弄！除非向医生的接听服务人员说我现在遇到了紧急情况，不然现在打给她已经太晚了。对我来说，这绝对是紧急情况。但我对于自己这么快就用完了处方药感到有些羞愧，因此接下来只能靠自己了。我开始扫荡家里的每一个包、每一个行李箱，想要发现一点儿阿普唑仑的碎屑，哪怕是洗漱包拉链缝里的药末也好。最后，我终于在迈克的药柜深处找到了一个旧药瓶，用里面的碎末拼出了一小片阿普唑仑（没错，这是一个夫妻双双吃阿普唑仑的家庭）。

转眼到了星期六早上。当我听到阿什醒来，第一件事就是吞下我的药片，然后开始实施我们的工程。我们已经买好了新的拼图、新的桌游、儿童版的室内保龄球。阿什开心地光着屁股到处跑。为了雅观一点儿，我为他买了一件稍大的T恤，刚好能遮住半拉屁股。我们家的情况看起来就像是电影《鼠来宝》中的阿尔文和花栗鼠朋友们在拉斯维加斯酒店房间里开可乐派对。

阿什需要上厕所的身体迹象是非常明显的，在轻轻把他往塑料便盆推了几下后，光明节般的奇迹出现了：他几乎立刻就明白了自己应该怎么做。正如书中所预言的那样（也许我对这本书太苛刻了？），牺牲一个周末的时间似乎真的……值得？到了星期天早上，我帮他穿上了一条崭新的细条纹内裤。苍天啊，我实在是太内疚了，因为我的消极，居然把这件事拖了这么久。我们可真是天才。大功告成！

想得美。

在随后的第一次全家公园游中，阿什穿上了全新的贴身、无纸尿裤衣服。我们玩了一个小时，然后他出现了要小便的迹象：坐立不安、摸裤裆和扭来扭去。迈克带他去了卫生间，几分钟后他们就回来了。"他不肯进去。"迈克皱着眉头。

"阿什，你是要上厕所吗？"我问。

"不！我要回家！"他边喊边伸手抓裤裆，然后开始打我们，活脱脱一个想掩饰尿急的小孩。我们收拾好他的沙坑玩具，冲进车里，开回家，跑进屋子，阿什直奔卫生间而去，乖乖地把一大泡尿倾泻在蓝绿色的便盆里。当他至少尿了半加仑的量之后,我说:"不错,但下次就在公园上厕所,好吗?"

事情就卡在了这里。阿什坚决不同意使用公共卫生间。一开始我以为问题出在公园卫生间上,这不能怪他,那地方确实太恶心了。但情况并非如此。事实是,面对世界上所有的卫生间,他只认家里的蓝绿色塑料便盆。他在学校不上厕所,在餐馆不上厕所,甚至在朋友家都不上厕所。他只是……憋着。每次外出都变成了一枚定时炸弹,到达某个地方,直到他要尿尿。每次他都拒绝上卫生间,并坚决地说自己不需要,然后就开始哭,说要回家。没有什么比看着一个双手不停去抓裤裆的小屁孩儿坚定地说自己不想尿尿更让人紧张和愤怒了。(我不确定"煤气灯效应"这个词是否适用于这里,但我还是要用这个词。就是该死的煤气灯效应。)我试着说服他,恳请、哄骗、讲理,甚至乞求,但最后都毫无意外以我的屈服告终。我把他塞进车里,一路狂飙,免得他尿在车里。

我想知道是否应该在外出时带上塑料便盆,我曾经见到过其他家长在儿童足球赛时从汽车后备厢里拿出一个便盆,让孩子在离球场几英尺(离得再远也不够远)的地方小便或大便。我不想让自己沦落至此。即便我不再是那个曾经一整天和马克·鲁法洛假装亲热的人,也不能成为带着个破便盆开着车到处跑的人。我是真做不到。我问迈克,他觉不觉得我们应该在出门的时候重新给阿什穿上纸尿裤。这话把迈克给激怒了。他真的一点都不像马克·鲁法洛。

我将阿什拒绝在外面上厕所，只肯使用家里的塑料便盆的事情告诉了阿什的一位幼儿园老师。她听完后对我说："哦，你做得不对。你这么做只能让事情变得更难。"

我心想，这是什么话？

我问她："啥意思？"

"是这样的，你需要进行两次如厕训练，一次用塑料便盆，另一次用真正的马桶。"

……………

我这老母亲的心啊，凉透了。

这种情况持续了一个多月后，我们再也受不了了。我们制订了一个计划，用果汁把阿什灌饱，等到他喝不下了，就带他去星巴克，逼他在那里的卫生间小便。没有一本书里有这样的计划。这是不是因为就算从技术上来说还不算虐待儿童，但其实也很接近了？迈克说，应该由我带阿什去卫生间，因为那个时刻，他在感情上"需要他的妈妈"。

让我们回到故事的开头，那个被荧光灯照亮的星巴克残疾人专用卫生隔间。当我带着阿什走进去的时候，我打定主意要保持耐心，心态平稳，头脑清晰。我告诉阿什，他必须学会用马桶。他立刻开始挠门，并且发出哀鸣。我拦住他不让他出去，哀鸣很快变成了狂叫。我按照套路，依次施展了恳请、哄骗、讲理、乞求等策略，但这些手段一一落空。我们好比在上演一出糟糕的独幕戏，他完美地扮演了一个拒绝使用马桶的3岁孩子，而我作为母亲的表演则堪称灾难。形形色色的观众（也就是其他上卫生间的女性）都以最快速度撤离了表演现场。

我提高嗓门，明确告诉他，如果他连坐到马桶上都做不到，那么我们是不可能出去的。一听这话，阿什开始了撕心裂肺的、浑身颤抖的哭喊，他的整个嘴唇都抖了起来，边抽噎边说着：

"妈妈，我怕！我怕！我怕！妈妈！"

我忘记了，当我在暗夜之中绯徊时，阿什也正走在他自己的英雄之旅当中。讽刺的是，尽管我们的旅程交会在此，但这却是我们彼此分离的时刻。在他的内心深处，在这个3岁英雄的灵魂里，真正的恐惧并非来自马桶。在更深的层次上，在这个卫生间里所发生的事情，是他需要真正突破自己的界限，成为一个独立的人。从剪断脐带的那一天起，我和他之间便出现了微小的距离。现在，这个距离将以一种前所未有的方式拉大。阿什，而不是我，将承担起面对自己生理构造中最难以应对的痛点的责任，并且以最本能的方式建立起对自己的信任。遗憾的是，如同在许多其他问题上一样，在这件事上，我依然是个糟糕的榜样。我对自己缺乏信心，这是我长久以来一直在逃避这件事情的原因之一。不确定自己能够把准方向，不确定自己知道应该怎么做。让事情产生变化或者保持不变，似乎都不可能。当我们跌跌撞撞前行的时候，我不确定自己可以承受这个过程所造成的混乱。在这个具体的时刻，当我蹲在星巴克卫生间的马桶边上，面对儿子因为我们此时彼此交会，但必须各自踏上征途（并最终让我们的距离越拉越远）所产生的令人心碎的痛苦，我完全无法做出对等的回应。自从生下阿什的那一天起，他就进入了我生命星球的轨道，但随着时间一天天过去，我的小卫星会离我越来越远。直到有一天，当我跨过英雄之旅的终点线，我将不得不完全放下他，放下所有我所知道的、我所爱的一切，让他走。

我一直在想，为什么在英雄之旅中，"拒绝召唤"这一幕和英雄出发的一幕同样重要。这有违直觉——毕竟，我们不总是希望故事能够尽快开始吗？为什么我们需要看到一个人在做某事之前百般抗拒呢？或许这是因为，在这样的故事里，承认自己来到了已知世界的边界时所产生的深深恐惧，与最终的胜利一样具有价值。也许这是在对跨越界限前的恐惧时刻表达敬意，也是对这样的生命片段致敬——我们踌躇着，想要前进就只能唤醒那个最勇敢、隐匿在最深处的自我——而这个场景对于观众来说和凯旋一样能够滋养和治愈心灵。不知何故，尽管这是我们每个人都在不断经历的事情，但没有什么能比改变更让人感到孤独。在这个世界上，在形形色色的人群当中，人们以不同的方式说着"妈妈，我怕"。如果我们不能停下来，并且承认这种恐惧，就会错过我们心心念念的报偿。

离开星巴克时，阿什依然没有在马桶里尿尿。我们两个人都哭红了眼睛，情绪激动。我给我们一人买了一块小饼干，别说，还挺不错的。

当我写这本书的时候，阿什已经四岁半了。我已经记不清星巴克这一幕后过了多久，他终于克服了恐惧。不过肯定不是很久。事情就这样发生了。相比做了的事情，我对没做的事情总是记得更清楚。他现在每天早上八点半到下午两点半去幼儿园，而我还在努力消化他要离开我们整整半天这个现实。这一天阿什会和其他人在一起，即使他讲了许多细节，我们也只能知道个大概，就像水塘里倒映的天空。每当他说出"我的朋友"这个词的时候，我的心仍然会揪一下。今天，把他送走后，我在家工作。房子空空荡荡的。大约下午一点，我吃着盘子里的鸡蛋，望着窗外，我很想他。

妈咪装

至少在阿什出生后的头一年里，我每天都穿着同样的衣服：一条长及脚踝、有松紧腰带的Splendid弹力棉裙（我有两条，一条海军蓝色，一条灰色），以及一件凑合能穿的上衣，要么是Free People的不对称长款T恤，要么是J.Crew的纽扣衬衫，这两件衣服除了可以让我方便地掏出乳房哺乳外，没有任何可取之处。搭配这身火辣装扮的是我在怀孕时买的一双脏兮兮的蓝色Toms懒人鞋，因为当时的我已经不能弯腰系鞋带了。除了偶尔换上一条让我看起来勉强有个人样儿的孕妇牛仔裤外，这身打扮我足足穿了一年，让我的形象介乎正统派犹太人和流浪汉之间。真正的问题是，我在怀孕期间长了50磅。我天真地以为自己怀了一个50磅的孩子，等孩子一生下来，我的体重就会恢复到从前。我当然知道一个孩子不会有50磅重，我想他会有8磅左右，而剩下的42磅会像一个装着易碎灯具的箱子里的泡沫填充物那样,跟着他的出生一股脑儿地流出来。但是,哎,我想错了。原来我增加的体重主要来自我吃的东西,所以当我生孩子的时候,这些肉并没有跟着被"生出来",它们似乎早已跟我的肚子和屁股融为一体。阿什出生后的几周里,我多么希望这些赘肉能够以某种方式消失,但你猜怎么着——并没有。

大约有一个月的时间,我都穿着孕妇装和勉强能塞下我的大号T恤。我听说,怀孕时增长的重量迟早会随着哺乳而"融化"。我还听说,就算没有因为哺乳瘦下来,那么最迟等到我"追着孩子到处跑"的时候,赘肉也会自己跑掉。这都是骗人的。而且我真是太蠢了,到了人生这个阶段,我本应该意识到,婴儿至少在头6个月里根本动都不会动。

由于我并没有奇迹般地瘦下来,因此我的穿衣选择如同搁浅在一个尴尬的孤岛之上,一边是肥大的孕妇装,一边是怀孕前那些我现在根本穿不进去的衣服。虽然丑了点儿,但Splendid的裙子和纽扣衬衫成了我宽容的救生艇。唯一让我感到欣慰的是,我知道的大多数新妈妈都这么穿。因为我们同"胖"相怜,对吧?我期待带着孩子去公园,在那些发福的姐妹中间感受我们的姐妹情。

然而,这种"胖胖相惜"的感觉并不存在。我还是太天真了,我以为凭借着女性体重指数超标8个点,这群人可以组成一个不同的世界。我忘了这里可是洛杉矶。尽管如此，我仍然清晰地记得在那个炎热的夏日，自己第一次推着阿什的婴儿车去公园时所感受到的震撼。我没有穿Splendid的裙子，因为我知道自己会跟着孩子岔着腿趴在地上，所以我只能穿上不适合炎热天气的孕妇牛仔裤和一件迈克因为觉得丑而再也不穿的超大T恤。①我来到沙坑旁边，把孩子丢到沙子里，便看向四周，寻找跟我一样的胖友（妈友？）。我看到的第一个女人，穿着见了鬼的渔夫鞋和修身的背带裤，我甚至都不知道还有这样的东西。她身边的朋友是一个随时可以拍照上传到社交媒体的无滤镜天然美女，身穿美爆的白色热裤和某种手工缝制、本地采购、支持环境可持续发展的衬衫。她们两个人都是小胸，仿佛不受地心引力和哺乳影响。怎么会这样？有一点我要说清楚，我可不是在和妙龄少女进行残酷的"谁穿衣服更好看"的心理较量，她们看起来跟我差不多，大概40岁。所以我一下子就傻眼了，她们看起来就像是女明星格温妮丝，至少也差不了太多。我刚才提到她们的胸了吧？这真是让人搞不懂。我感到一种无来由的烦躁。当我审视这种感觉的时候，它升腾为一种更糟糕的情绪，更接近恼怒。

---

① 迈克是个穿衣服讲究、有品位的人，这当然不会受到我的责备。但当生完孩子的我裹在超肥衣服里，而他却穿着Vince的高级定制裤子到处晃悠的时候，还是让人感到刺痛。

对另一个比自己瘦的女人感到愤恨是可怕的。之所以这么说，是因为这种感觉源于一种不由自主的、内化的父权制下的自我厌恶，并成为它的外部投射。然后你因为无法控制这种愚蠢的反射性嫉妒，再一次经历了自我厌恶的循环。多好玩！当然，作为一个女人，我以前就有过这种体验——看到别人有，渴望自己也拥有，然后对其他女性和自己滋生出有毒的怨恨。但不知道是什么原因，产后的我感觉一切变得更糟。我曾经以为，也许在人生的这个时期，我们都要拥有渗出奶水的巨乳和松弛的小腹，怀孕和初为人母会成为无敌的时尚消失器，让我们穿上宽大的筒裙和松松垮垮的上衣——那种从上到下越来越肥的衣服。

但就是有些女人能在生完孩子后迅速恢复身材。这不能埋怨她们，埋怨我或者其他人。我当然可以说这是因为谁做错了什么。不，不是！有人歇斯底里了吗？哦，我猜是我。关键是这些公园里的女人看起来放松、休息充足，而且可爱，甚至显得性感。说起来，自从有了儿子，我的性格有了一个积极的变化，那就是我不再那么在乎别人的看法——尤其针对我的形象。一种顽固的、母兽般的，专注于让一个完全依赖你的小家伙活下去的劲头，让我基本上摆脱了对自身外表的关注。但如果说这不是我心里不断上演的斗争的一部分，那就是在撒谎。这是出现在新的、野性的母性自我和往昔的、永不知足的少女自我之间的角力。

那个高中时代的我在心里抱怨,这些女人竟敢在儿童公园里臭显摆,实在是欺人太甚,太不公平。但我的人生经历已经足够告诉我,当一个人认为生活不公平,这其实是大脑能够发出的最接近抱怨的声音,这通常是一个明确的信号:是时候闭上嘴,脚踏实地去做些什么了。面对当前的情况,面对怀孕期间辛辛苦苦胖起来的50磅肉,想要减掉它们,最显而易见的方式就是去健身。

不过,当你想在照看婴儿的同时健身,你要知道一件事:这不可能。在有孩子前,我并没有意识到这个问题。我大约记得自己以前"理解"妈妈们肯定没时间锻炼,但如今的我才意识到,这就相当于从火车上往窗外望就以为自己完全掌握了相对论一样。没时间只是这个故事的一半。因为即使有幸请得起保姆、送日托或雇用其他人帮忙,并且有时间锻炼身体,我也没想到带孩子会让人如此心力交瘁。其实在没孩子的时候,我就很少有锻炼的动力。如果头一天喝多了,甚至只是有点犯困,或者外面刮了点儿小风,我都会立马脱掉内衣钻进被窝。我完全想不到,那时候让自己感觉难以克服的惰性与未来我要迎接的人生相比,简直是小巫见大巫。

阿什出生后的6个月里,我每晚至少会醒来三四次。接下来的日子里我完全是混沌的,如同行尸走肉,身体在做事情，脑袋却完全是一团浆糊。即使他开始睡整觉，他醒得也很早，让我不得不在晚上九点半之前就上床睡觉，这样当他在凌晨4：46像闹钟一样准时开始制造噪声的时候，我才能够保持状态。而且，说他能睡整觉，那是给他面子，因为这件事情实际发生的概率只比一半多一点。我夜里的睡眠仍然常常被打断：噩梦、发烧和感冒，还有婴儿不断制造的无休无止的声响。

最开始的两年里，睡眠不足常常让我疲惫不堪。做母亲最令人沮丧的经历之一是，你有限生命中那些如此宝贵的日子，被剥夺得只剩下一种清醒的麻木，你身心俱疲，一天的时光变成了从孩子醒来到你们两个都睡下之间的一次漫长而沉闷的停顿。在这种浑浑噩噩的状态下，健身不仅不是我想做的事情，而是——不行，算了吧，我做不到。我知道有很多女性居然做到了这件事，我对她们敬畏和钦佩，如同我对那些修建长城或复活节岛石像的人一样。

在阿什两岁生日的时候，我意识到自己不会很快重新穿回怀孕前的衣服了，如果我更诚实一点，永远穿不回去了。讽刺的是，这种想法是在我终于减掉几磅后冒出来的。我像个傻瓜一样，急切地找出些旧衣服，以为自己会像从前那样轻松穿进去。然而，当我奋力将一件旧的J.Crew上衣勉强套到身上时，我才发现自己不仅变胖了，而且体形也发生了根本改变。即使我减掉增加的所有体重，哺乳也使我身体的相当一部分分量转移到了胸部。说得好听一点儿，过去我常穿的那种上衣已经不合适了。我仔细看了看自己的衣橱，里面的大部分衣服已经差不多两年没动过了，而我还在等着以某种方式回到从前。问题是，你能等多久呢？你要等到什么时候才能接受，这个前男友（你最爱的裙子）再也不会跟你亲热（穿在你身上）的事实？

某天晚上，在一阵狂躁的挫败感中，我决定跟一切不合身的衣服告别。我意识到衣橱里还有不少衣服是在1988年买的——我指的不是复古皮夹克，或任何值得继续挂起来的东西。我的意思是，我仍然留着在 Old Navy 买的一些"单品"[①]，那时候我刚从大学毕业当上了临时工，想穿得像样一点。

这次衣橱大扫除变成了一次深情的（羞愧的）怀旧之旅。每件衣服、每条裙子都讲述着一个故事。这条深 V 领的绿色棉质连衣裙，它见证了无数次失败的约会，但在我穿着它（配上渔网袜和一双灰色的坡跟鞋，无厘头的穿搭）参加当时的男友、现在的丈夫 40 岁生日晚宴时，它完成了自我救赎。这是许久以前，我在 Betsey Johnson 的一次小小挥霍时买来的，那次还买了一条细肩带镶珠的雪纺叠纱短裙。记得穿上这条裙子后，我觉得自己性感极了，也许真

---

① 当有人把奇装异服称为"单品"时，我总想扔椅子砸他。

有那么一点儿吧!

我清空了抽屉里的牛仔裤和看起来像洋娃娃穿的可爱的小毛衣。当我买这些衣服时,曾感觉它们非常昂贵和重要,并且它们都以各自的方式成为我自我认知的一部分。但成为母亲,改变了我的每一寸身体,我的日常生活,我的灵魂,我的内心。当然,这是有道理的,一个婴儿的到来怎么可能不改变这些呢?然而,不知为何,我并没有做好舍弃的准备,舍弃这些在过去20年里定义我的几乎每一件衣服。

所以现在,作为一个41岁的极度憔悴的人,我面临着必须重新购买全部衣服的问题。这不仅是一笔巨大的开支,而且是一次搞清楚我应该长得像什么东西的尝试。(我想我本应该说"我应该长得像什么人",但如果你到我现在的样子,你就知道我更接近于一个"什么东西"。)这当中有什么我应该遵守的新规则吗?我很懒,而且和大多数人一样,我有点怀念自己大半生都呈现出来的样子。我决定让自己看起来和以前差不多——只是大了3个尺码。

在抵达商场之前,我都是这么想的。然而等到了那里之后,我才发现原来我常去的大多数商场都不销售适合我穿的衣服。我的腰围是12或14码。我猛然发现自己已经到了大型连锁服装店尺码线的最后一站,然后我就要被命令下车,登上前往大码女装商店的班车。这件事极其荒唐可笑,因为美国女性的平均腰围是16码。我知道这不是什么新闻,但我们有必要在任何场合对此大声疾呼,因为这些商店似乎都是聋的。许多商场品牌甚至没有8码以上的备货。所以实际上,如果你比《时尚》杂志上出现的最重的人多出哪怕一张卷饼的重量,那你就出局了。

为我的旧衣服寻找替代品是不可能了。我必须重新想象自己是谁,我走出家门时是什么样子,想要展示什么。留给我的时间不多了,因为我的两条Splendid裙子(我的最爱)的接缝处都快要崩开了,仿佛它们不仅是裙子,还是反映情绪的戒指。

在一个熟悉的身体上发现一种全新的风格已经够困难了,而我现在已经有了一个妈妈的身体,我的胸部硕大,屁股也更肥大了,而且整个身体都变得更厚实了。不过,比身体的变化更让我困惑的是,作为母亲的新身份会如何(或者不会?)体现在我的外表上。"妈味儿"是不可避免的吗?我难道注定要像汰渍洗衣粉广告里的主妇那样,穿上做家务的装束?(这里要说清楚一点,我并没有贬低那些这样穿的女性。但是,有一点我非常不满。那就是洗涤剂工业网络中负责广告策划的男人们认为只有女人会洗衣服,并且洗衣服的都是母亲,而且这些母亲如同某个邪教组织成员,穿得一模一样。难道她们是"拜洗衣教"的吗?)

在某种程度上说,洛杉矶这座城市在情感上加速了这场危机，但她也救赎了自己。最近当我推着阿什在家附近散步时，一种我在东海岸生活时从没有真正见过的女性时尚引起了我的注意。有人穿上了一种超大号的、宽松的亚麻罩服。有时它是两件式的，比如一条宽腿裤和一件无袖的褂子；有时它是一件20世纪70年代风格的束腰长袍，那种诗人吉姆·莫里森会穿着在门廊下看书的衣服。这种穿着具有摇滚女王史蒂薇·妮克丝的女巫风格，但采用了更透气、更保暖的面料。为了让你更有画面感，我可以告诉你，这里面还有一抹既像妻子又像妹妹的味道。在过去这几年，连体衣或连身长袍已经成为这种风尚最流行的标志之一。一开始，我对这种造型持怀疑态度，因为这类衣服和儿童睡衣的差距似乎只是没有开裆——这并不是说儿童睡衣有什么不好。事实上，成人连体衣没有做开裆看起来像是个疏忽？

直到某天，我穿着帽衫参加了一年一度的"回声公园手工集市"（Echo Park Craft Fair）。我原本以为这是那种纽约街头集市，可以花4美元买到10双一包的筒袜。在我看来，这是袜子唯一合适的包装和价位。然而，这个集市汇集了你一生中见过的最稀有、最珍奇、最登峰造极的洛杉矶伪萨满教物件：手工制作的土陶花瓶，一英寸口径的黄铜碗，还有日本版画的枕套。4美元唯一能买到的是集市入场券。这是典型的洛杉矶风，也就是说，它很荒诞。话虽如此，我暗自想要把所有东西都买走。集市挤满了人，身边的女性都穿着我前面所说的既像妻子又像妹妹的衣服。不论年轻的和年老的，瘦的和不瘦的，妈妈和非妈妈都穿着这种邪教式的衣服走来走去。每个人看起来都很迷人，但更重要的问题是，这些衣服穿起来是不是很舒服？

集市上有一个特别热闹的角落，一个忙碌的摊主正在销售很多这类衣服。我下定决心——其实只花了一秒钟，没有任何附加条件，没有任何压力，完全自主地——穿一条亚麻连体衣试试，看看感觉如何。

我照了照镜子。

连体衣有4个口袋，两个在胸前，两个在屁股后面。这些口袋里可以放手机、奶酪条、车钥匙、猴子挂件或防狼喷雾，满足我作为女人、作为母亲所需。

它很宽松，但并不臃肿。用一个委婉的说法，它是包容的。

我的妈妈肚腩和大屁股被巧妙地遮盖起来，不见了。

我刚才夸它的口袋了吗？

毫无疑问，我感受到了一种前所未有的舒适——从刚学会走路算起。那些生硬的接缝或者需要按下纽扣才能穿上的裤子不再束缚我了。

我买下了它。我想，我应该试试。

穿了几天后，我意识到自己不仅爱上了这身连体衣，而且它成了我余生每天唯一想穿的衣服。我喜欢它不追求性感或别致的低调。它不想被认为是白天穿的衣服，也不想被认为是在公众场合穿的衣服，甚至不想被认为是真正的衣服。通过如此积极地退出竞争，在某种程度上，它成为一件温和的退隐制服，一种悄然的与世无争感。而具有讽刺意味的是，正因为毫不性感，就算它不构成完全的诱惑，却也体现了具有诱惑力的某种自信。一个女人因为对自己的身材感到尴尬而穿上连体衣，和一个女人因为对自己的身体充满自信而穿上连体衣，两者之间的界线很微妙。性的神秘感在于猜测，这话有没有道理？所以，她究竟是哪一种人，只有最幸运的男人才会知道！

几年后，我仍然穿着这些连体衣。我现在有5种颜色的连体衣：深色牛仔、浅色牛仔、灰绿、宝蓝和黑色。这听起来可能有点疯狂，但在过去的几年里，我穿它们的频率几乎达到了每天——我感觉它们就像是在困难时期给我支持的朋友。

当我写下这个故事的时候，我们正从一场全球性的疫情中走出来。在此期间，那些有幸能在家工作的人基本上都穿着这样的衣服，如果不是宽松的连体衣，那也肯定是某种在精神上类似的东西。现在，人们很开心能够再次穿上"真正的衣服"，而我也在非常长的一段时间过后，开始问自己，是否真的要坚持把连体衣作为我永久的造型。是时候做出改变了吗？这身衣服已经不再适合我了吗？某天晚上，我和朋友出去吃饭，这是在历经15个月的隔离后的第一次聚餐。当我做准备的时候，发现自己像是在看初恋照片那样看着衣橱里的裙子——混杂着怀念和渴望。在致命病毒的威胁下藏匿了十几个月之后，去餐厅吃饭绝对是件大事。我犹犹豫豫地穿上一件很久没碰过的带荷叶边的漂亮裙子，早在病毒出现之前，它就已经被我塞到后排衣架上，为我的连体衣腾出地方。嘿，你猜怎么着，还挺合身（或者说接近合身？不像一只五指手套，但像是一只合适的连指手套）。我大受鼓舞，又穿上一双带点鞋跟的鞋子。我站在镜子前，被自己还能以这个形象出现惊呆了。我仿佛正看着一个曾经认识的女人，一个似乎在社交媒体上消失的大学同学，你还以为她或许已经过世了。结果有一天，你在超市里偶然碰见她，简直不敢相信这是真的。你假装在听她说话，但实际你的内心正在惊叹，惊叹于她的面容是如何在现在与过去、现实与记忆之间闪烁，如同一束光。

安全座椅

"一旦迈出这一步,英雄……就必须经历一系列的考验。"

——约瑟夫·坎贝尔

这里是游乐园的停车场,我正努力让阿什坐进他的婴儿座椅。阿什3岁了,其实已经大到可以自己爬进去。但他说到底还是个小屁孩儿,所以全程都在叽叽歪歪。现在是上午11点,气温已经高达36度。他的情绪在崩溃,他的身体也在崩溃,而我跟他完全一样。我们受够了,我们需要回家,家里有午餐,家里不像游乐园。他越是嚷嚷,我就越手忙脚乱,而我越是手忙脚乱,他就越嚷嚷。虽然所有的车门都开了,但车里也热得像个烤箱。阿什不停地扭动,固定胯间的卡扣被他压在屁股下面。我对他说:"抬抬屁股。"他试了试,但由于胸前的带子绑得太紧没有成功。我需要按下一个隐藏的金属搭扣帮他松开胸带。就在这时候,他把两只鞋子都蹬掉了,其中一只还掉到了车外。此时,我已经从他的肩膀后面把扣在胯下的两条带子拽了出来,但我惊恐地发现,其中一根带子在金属导向器里已经完全拧成麻花状了。我感到喉咙发紧,胸前冷汗直流。我试着将带子理顺,但导向器的开口只有一厘米宽,带子根本转不动。每个学过如何正确系好安全座椅的人都知道,在安全带没有理顺的情况下开车就是在犯罪。我又试了一次。阿什大喊:"妈妈!别弄了!"于是,我从车里出来,深深地吸了一口气,让自己平静下来。然后我发出了来自灵魂深处的吼声:"该死!该死!该死!"周围的人都在看我,阿什也看着我。这不是我的生活,我的生活应该是其他样子。我应该跟闺密喝酒,聊聊熟人的八卦,应该在网上写些辛辣的文字,或者心不在焉地望着窗外,做些轻松的运动。面对由于眼前这些事可能出错所带来的焦虑,我承受不起。但说多了也没用……我们必须赶紧离开这里。

我们有幸生活在一个拥有安全座椅的时代,在驾车时可以用它保障孩子的安全。但是,我讨厌安全座椅。[①]有关

[①] 当我有资格在这本书里抱怨某个事物之前,我需要强调多少次我对它其实是感恩或者喜欢的?我感觉是4次。而这应该是最后一次了。我个人认为,小小地抱怨一下对读者来说不是坏事。

哪种安全座椅最好、它的用户评级和安全评级是多少的消费者报告有无数种。但没有一份报告会告诉你，这些安全座椅是否让你抓狂。我猜这是有道理的，因为事实上它们每一款都会让你抓狂，所以何必再费劲儿呢？

我知道读这本书的人可能还没有孩子，所以我再换一种方式描述：想象每次你想要出门的时候，都必须和某人扭打一番——那种在酒吧里上演的东倒西歪、筋疲力尽、编排拙劣的拳脚功夫。因为他们不想被你绑在汽车后排座位上（就像《沉默的羔羊》里食人魔汉尼拔那样），所以你们必须打上这一架。（他们这么想倒也合理。）即使你因为量级更大总能获胜，还是要冒着烈日、严寒或者瓢泼大雨把一个小个子（但重得惊人）以45度角拴在座椅上。同时你的脑海中还隐约回忆起，曾经有人警告过，如果卡扣没有严丝合缝地扣对位置，那么这整件事就会变得毫无意义，你把一切都搞砸了。如果安全带系得不够紧，或者过紧——那么你还不如什么都不系，直接把孩子扔到车顶上，车速开到每小时100万英里。因为从效果上看，它们基本没有差别。

另外，还有一件事不会有人告诉你，那就是除了你，你的孩子也深深地、长久地痛恨安全座椅。他们会挣扎抗拒，大声尖叫，说你弄疼了他们——**特别疼**。我儿子有多惜命，就有多厌恶我们为了让他保命所做的大部分事情，他身上体现出的这两者间的矛盾一直让我惊叹。他不肯吃蔬菜，或者说除了面包和奶酪之外的东西他都不愿吃。①他讨厌睡觉，讨厌出门后听从指示，讨厌跟着天气穿适合的衣服。而在很长一段时间里，他最讨厌的就是坐安全座椅。

安全座椅是一个相对较新的发明。我在纽约长大，所以家里不买车。②但根据我那些住在郊区的朋友回忆，他们会被扔到旅行车后座听天由命。甚至在孩子上下车的时候，车子不会完全停下。我知道那时的父母和我们现在一样爱护和关心他们的孩子，只是当时能够体现这一点的受法律强制要求的行为更少。尽管面临的危险相似，但以前人们担心的范围似乎要小一点。

在我4岁的时候，我们家住在一栋没有电梯的6层建筑的顶层。某天，我决定看看我们家的门是不是没锁。你猜怎么着，果真没锁。再往上就是通往天台的门，也没锁。天台四周的围墙只有1米多高，而且是斜着的，防止爬上来的人从7层楼的高度掉下去就靠它了。说实话，现在回想这些都让我感觉头晕目眩，让我不得不停止打字，到地板上躺一会儿。这个天台的设计不是让人闲逛的，它只有未经修整的沥青地面。但这是20世纪70年代的纽约，人们会在

---

① 至少这件事有它的合理性，因为这也是我的真心期盼。
② 因为纽约交通拥堵和公共交通系统发达。——编者注

任何地方闲逛。我的父母偶尔会带我们上去，特别是在夏天。我妈会把一根浇水用的软管沿着大楼外墙甩到楼下我们家的厨房窗户前，再由我爸接到水龙头上，这样天台的水管就变成我们家的洒水枪。

也许在我走向天台时，我在想洒水枪。也许我想起了一些有趣的事情，想知道是否还能再看到？我记不清了。我只记得我是一个人。我望着天空，它是那么广阔。我记得天台一侧能看到世贸大厦，另一侧能看到帝国大厦，风景很美。不知道过了多久，我妈发现我不见了，她看到门开着，隐约觉得我应该是上了天台，在那里她发现自己的闺女正莫名其妙、跌跌撞撞地扑向天台边缘。

关键是，我的父母没有在我们公寓的门上装儿童安全锁。他们没装是因为那时根本就没有这东西。但他们并没有因为这东西不存在而大伤脑筋。他们只是单纯期盼着一切都好，我想大部分时候也确实如此。我活了下来，长大，结婚，有了孩子，现在的我讨厌孩子的安全座椅。

如果只是阿什讨厌它，或者只是我讨厌它，我想事情都好办。但是，我们的相互撕扯经常转化为一种共同的愿望，那就是完全避免和这个座椅打交道。尤其是等他两岁后能说话时更为明显。他会说，"我不想出门"。我不知道他这么想是不是因为不想面对安全座椅，但我不想出去肯定是因为它。但是，因为上车难就整天待在家里是疯狂的，就像我在帮孩子系安全带的时候大喊"该死!"一样疯狂。

自从成为母亲以来,儿子的安全和我的冷静就很难同时存在。显然,儿子必须安全。但是,如果他老妈失去理智,他能真的安全吗?但如果他不是绝对安全的,我还能保持理智吗?

不能。

啊啊啊!

阿什出生前,一位自称"安全座椅女士"的女性为我们安装了安全座椅。这个名称很直白,但没什么创意。当我们意识到没有办法靠自己安装安全座椅时,便在网上找到了她。她像个毒贩那样,随便找了个街角和我们碰头。她说话轻柔,看起来和常人无异,所以当她的安全座椅讲授变得情绪高亢时,我们感到大吃一惊。她非常擅长自己的工作,也就是说,她做事极为精准。把安全座椅固定在汽车上需要用到一把扳手、一个木工水平仪,以及多次重复操作。她想要指导迈克完成整个工作,这样就可以让迈克拥有相关的肌肉记忆。她对角度的准确性和螺栓的松紧程度达到了军事化要求的程度,就好像她正在口头指导一个人建造把宇航员安全送进天空的航天飞机。迈克额头上鼓起了一根青筋。我是怀着孕的人,因此我决定授权自己在这个阶段分分心,于是花了更多时间观察附近树上的一只松鼠。

底座安装好之后,她拿出了一个逼真得吓人的医用婴儿人偶,就是你在学习心肺复苏术时会用到的那种。她让我们两个人都练习把孩子绑在座椅上。做对这件事要具备两点,一个是手的灵活性,二是耐心,可惜两者我都不具备。现在轮到我冒汗了。我试着按"安全座椅女士"说的那样做,但她一直在纠正我:胸带必须正好在孩子乳头的高度;带子的松紧程度要比你想的紧一千倍;孩子的头部必须靠在那里,高1厘米或低1厘米都不行,否则会大祸临头。每个杠杆和金属扣件都是隐藏的,你必须把脚踩到车里,给身体适当的支撑,才有足够的力量进行操作。由于安全座椅必须面朝后,我问她是否应该像其他人那样买个小镜子安在后座靠背上,这样就可以偶尔看看孩子的情况。问她这个问题,似乎还不如问她是不是应该挥拳打我怀孕的肚子。"绝对不行!"她对我说,眉头皱成了沙皮狗。她解释道,在偷瞥宝宝的瞬间,你可能会撞上迎面而来的汽车,然后你们都会该死地玩儿完。我看向婴儿人偶,盯着它的塑料小眼睛。它不信任我,我也不信任自己。

几个月后,我们在一个新生儿护理班上遇到了另一对夫妻,他们也花钱请"安全座椅女士"上了一课。那个丈夫告诉我们,在她的指导下,他把手伸到左侧乘客座位下方固定一条带子,此时他看到驾驶员座位下面探出了一个金属物件。他仔细一看，原来是一把切肉刀。随后他回想起，一年前他买了一套West Elm的刀具，然后放到了车的后座，等他到家后发现少了一把刀。他还以为这是商家的疏漏，看来并非如此。这把切肉刀从包装盒里掉了出来，在他的车里翻滚了几个月，如今被"安全座椅女士"给发现了。

我时常会想起这位英雄。

在阿什出生前的一个月里，我试着练习使用安全座椅。我没有婴儿人偶，所以用我8岁时拥有的一只旧的老虎毛绒玩具代替。（它的名字叫国王，但这并不重要。不管怎么说，它非常优雅。）我退后一步，想看看这只毛绒老虎是否看起来安全地固定好了，然后我的大脑里涌出了一股恐慌之情。它看起来不安全。我心想，如果我永远做不了一个好妈妈，那怎么办？但后来我意识到，在汽车安全座椅彩排的过程中，一个好妈妈是不会把毛绒玩具当作自己孩子的合适替身的。

出于某种原因，在第一次生孩子的所有焦虑中，我对安全座椅的恐惧似乎是最大的。

也许这是因为我作为一名纽约儿童，在那些极少数不得不坐车的经历中，往往坐的都是出租车。那是20世纪80年代，那时候没有安全座椅。因此遇到这种情况，我爸的焦虑不安是很明显的。他经常要求司机在行程结束前就停车，并让我们下车。他气呼呼地付钱，我们尴尬地下车，而司机则压着嗓子骂我们。我们像一群远离池塘的鸭子，被随便扔在某个角落，我爸会拦住另一辆出租车，带着我们重新上路。有时候，我们走一英里需要换两到三辆出租车。

当我32岁在洛杉矶找到一份工作后，我必须去考驾照。前两次考试我都没过，直到一位交管局的员工可怜我，放过了我的几个错误。我很确定他可怜我是因为我戴着纽约大都会棒球队的帽子，而且我们都喜欢球队的穆奇·威尔逊。在第一次考试失败和第三次考试成功之间的某个时刻，我向父亲抱怨考驾照的困难。他告诉我，当我和我的兄弟姐妹还小的时候，他就注销了自己的驾照——这不仅是因为我们住在曼哈顿，家里没车也没必要买车，更是像他说的"我开车带着你们太紧张了"。

我经常想起父亲对开车的焦虑，这让他既不敢自己开车带我们，又不敢让别人这么做。也许这里面有一些遗传因素，让我把带着孩子开车看作是一种非战即逃的处境。而本应使我们感到更安全的安全座椅，却以某种方式加剧了这种先天的恐惧。这也许是因为它让我产生了一种控制的错觉。如果我可以正确地把儿子系在座椅上，我们就不会遇到问题。但实际上，即使我深呼吸，即使我借助冥想来应对孩子的尖叫，即使"安全座椅女士"在"安全座椅奥运会"上给我打了满分10分，我却从来没有办法百分百控制那些可能发生在我们身上的事情。所以，让我抓狂的其实并不是安全座椅（不过它也做到了）——把孩子放进安全座椅的心理和生理消耗，远远比不上日复一日、无休止的担忧所带来的疲惫，因为除非能够同时把整个宇宙都固定起来，不然我是不会感到满足的。

你无法控制这个世界。但有时我看到一些父母会在车窗上贴上黄色的"车里有娃"贴纸，感觉这算是某种尝试。我是一个好公民，所以我会按照它的提醒，放慢车速。我可不想成为一个追尾小宝宝的混蛋。但奇怪的是，自从成为母亲后，每当看到这个标志时我都忍不住想，为什么没有贴纸写的是"新手妈妈在车上"？因为我也在车里，而我一生从未如此脆弱。我比4岁的自己更脆弱，哪怕当时我正朝着7层楼高的天台边缘走去，但那时的我全然不知会发生什么坏事。现在我知道，任何坏事都可能发生，而我的责任就是阻止坏事发生。有时候我觉得，那些用来救命的东西反而会把我害死。因为我在车里，我变得筋疲力尽。因为我在车里，我永远不会习惯于扮演司机的角色。我仍然觉得自己像个孩子，好像可以一路哭个不停，直到回到家里。

给内特·伯克斯和耶利米·布伦特的公开情书[①]

嗨,内特·伯克斯和耶利米·布伦特。我很纠结。一方面我迫切希望你们能读到这篇文章,虽然我知道你们永远不会;同时我也祈祷你们不要读到这篇文章。因此,不管这本书的读者是谁,这当中也可能包括内特和(或)耶利米——我又在纠结更希望他们当中的谁能读到(可能是内特,但,哎呀,也许是耶利米!!)——以下是我的表白:

我爱上了内特和耶利米。你看,我把这话大声说了出来,现在感觉好多了。我想做的事就是整天谈论内特和耶利米,浏览他们社交媒体的动态,看他们的节目,看他们改造过的房子,读他们写的或写他们的文章,而且现在的

[①] 内特·伯克斯是美国演员、制片人、室内设计师、作家。他于2014年在同性婚姻合法的美国纽约州与身为设计师、演员的耶利米·布伦特结婚。——编者注

我也不会限制自己去做这些事。我甚至不知道该从哪儿开始说起，因为我喜欢他们的一切。我想还是应该先从内特开始，因为我先遇到的人是他。

和其他美国人一样，我是通过我们共同的好友奥普拉·温弗瑞知道内特的。我要非常坦诚地说，作为曾经在健身房里见过英国男明星克莱夫·欧文的人①，内特·伯克斯是我这辈子见过的最英俊的男人。他长了一张我最喜欢的那种脸型，就是那种肉乎乎的鼻子和丰满的嘴唇，让人忍不住想要咬一口。他自带温暖的气场，如杏仁糖般可爱甜蜜。我喜欢他金棕色的头发，恰到好处而且永远一丝不乱。还有他的声音，啊，他的声音！内特听起来总是像在吃冰激凌。如果一个人不是真的在吃冰激凌，我也希望这是他听来应该有的感觉。他第一次出现在奥普拉的节目里是做小空间改造，这对我来说意义重大。因为我就住在一个非常小的空间里，我希望这个可爱的男人能来我家，在一面镜子的角上挂上一串珠子。我甚至不知道还可以这么

---

① 事情是这样的。几年前，我因为工作原因幸运地住在洛杉矶的四季酒店。我去了趟健身房，主要是想看看有没有免费的麦麸松饼。在那里，我看到一个非常帅的男人正在和他的健身教练一起训练。他看起来就像是一匹后腿站立的充满吸引力的狼。当我发现这匹狼就是克莱夫·欧文后，便立刻竖起耳朵偷听他们说的每一个字。他们正在讨论克莱夫为了准备一部新电影而正在接受的一种特殊配餐。教练问他吃得如何，我听到克莱夫以最礼貌、最英国、最亲切的方式说道："分量是不是有点少？"这话简直让我心花怒放，就连克莱夫·欧文也觉得自己应该多吃点儿。

做！在一次小公寓的改造中，当他第一次掀开储物凳的盖子展示里面的储物空间时，我几乎要晕过去。内特总是在教我这些事情。他是梦想中的同性伴侣。

然后耶利米出现了，而内特真的跟他结婚了，所以现在他有了一个真正的同性伴侣。我承认自己感觉很受伤，而且我的受伤中还包含着怀疑（耶利米，我很抱歉，但这就是我的感觉，我这么说是因为我愿意承认，**我现在也太爱你了**）。这个人是谁，他对我的内特有什么企图？这个赢得了内特的心、突然跟着他一起出现在各地的年轻人是谁？一切都显得很可疑。首先，他太英俊了。看起来就像20世纪50年代音乐剧里的明星，就像"舰队周"（Fleet Week）期间会出现在时代广场上的年轻水手。耶利米总是穿着一条完美的打褶裤、修身T恤和一尘不染的休闲鞋。他经常戴着几个极有品位的金手镯，搭配一块完美的复古手表。这造型让我抓狂，因为我也想这样穿搭。可我只要一戴上手镯，就立刻变得像个海盗。他的每套漂亮衣服都会搭配一顶潇洒的帽子。是软呢帽吗？也许是一顶礼帽？其实我并不清楚礼帽是什么样子，但不管怎么样，耶利米戴的就是这个东西。与大多数戴帽子的男人不同，他这么做不是为了掩饰秃头——恰恰相反，他的头发自信地呈现出浓密的金色波浪的模样。我担心耶利米的一切都太好了，就像他们在《单身汉》节目中经常说的那样，"好得不像真的"。我真的不喜欢他比内特年轻那么多,担心他只是内特的迷弟。我和另一个内特的粉丝就这个问题有过一次闲聊。我问,这个人是从哪里来的?她告诉我,她曾经在短命的真人秀节目《瑞秋·佐伊计划》中见过耶利米。我很难接受这个令人不安的细节。我知道这样说很势利,但这让我感觉他的出道方式很没品。(但我有什么资格说大牌造型师瑞秋·佐伊的坏话呢?就在几周前我还没日没夜地一口气看完了《爱情岛》。也就是说,我并没有参演。①)我能写下这些关于我的新闺密耶利米的坏话,是因为他自己在一次播客采访中都承认了。上个月我在开车去工作室的路上如痴如醉地听了两遍。耶利米说,他和内特刚开始约会时,"每个人都觉得我是出来卖的"。**这是他的原话!**

所以,不,我对内特和耶利米在一起并不感到兴奋。我对内特有一种保护欲,无法忍受他找到的不是最纯粹和最神圣的爱——这种爱只能通过和我成为密友来实现。即使他们现在有了一个漂亮的孩子,我仍然感到紧张。因为我并不真正了解耶利米,谁知道戴着那顶帽子和那些手镯的他会做出什么举动?

但在2017年,他们制作了一档叫作《内特和耶利米的设计》的电视节目,帮助人们处理棘手的房屋装修——或

---

① 也就是说,如果请我去演,我马上就到。

者类似的问题。我已经不记得这档节目具体有什么内容，因为对我来说，看这个节目就是为了看**他们俩**，以及他们的肢体语言。我从未见过有两个人如此相爱。内特随意把胳膊搭在耶利米肩膀上的样子，耶利米本能地把手放在内特膝盖上的样子，耶利米充满爱意地挑逗内特，以及内特回应的样子……他们不像这本书的作者和她丈夫那样气急败坏或闷声不语。我开始喜欢上了耶利米。内特在外形上仍然是我喜欢的类型。但随着这一季的进展，我得承认，我觉得自己在情感上与耶利米更亲近。这合理吗？尽管他们都对帮助对象（这些人确实把自己的房子搞得一团糟）充满了同情，但耶利米是**更富有同情心**的那个。像内特一样，他也有动人的嗓音——内特的声音深沉且带有冰激凌般的感觉，而耶利米的声音更俏皮活泼，但令人感到平静，就像是挚友和冥想 App 的结合。节目中有很多时刻，内特在说话，而耶利米崇拜地望着他，等到耶利米转身对着镜头说话，内特也望向他，他的眼睑微微垂下，蓝色的眼底充满爱意，让你不能不……我知道这么说很俗气，但要找就找用这种眼神看你的男人。

我看了这档节目的每一集，看着他们用古旧的花瓶、古董碗、小雕塑、长条餐椅装点一户户人家；看着他们敲掉墙壁，开凿窗户；看着他们撤掉大地毯，铺上土耳其风情小毯。看着他们把丑陋的扁平灯具扔进垃圾桶，换成西班牙吊灯。偶尔，我们会窥见他们生活的温馨片段，他们作为一个可爱女孩和一个漂亮男孩家长的生活，他们作为一对伴侣与朋友们开心聚餐的生活。无论他们在做什么，你都能感受到他们关系中的和谐情感。他们家的门道是普通家庭的两倍大小。他们把支脚浴缸搬进冰冷潮湿的浴室，他们总会在马桶水箱上放一株小小的多肉植物，以此创造一个完美的小绿洲。这一招对我很管用，因为一看到多肉植物，我就忘了旁边的马桶。他们怎么会知道这么多招数？

我对这个节目的不满是，（我猜是）由于预算的原因，他们只会对房子的一部分进行翻修。比如客厅和厨房会很完美，但节目组显然没有足够的钱来装完整个房子，所以其他房间仍然是一片狼藉。每一集看完后我都会感到有点不满，希望他们能够修复它，修复一切，穿过电视屏幕，来装饰我家。

内特和耶利米带着他们的小女儿从纽约搬到洛杉矶的时间几乎跟我们家是一样的。他们翻新了一栋价值1200万美元的汉考克公园住宅，在这样的房子里他们不必考虑用绿植来装扮厕所。他们通常会在宽大但低调考究的客厅里，坐在沙发上开始他们的节目。我们住得很近，这让我心生欢喜，说不定我们会突然成为朋友，他们会请我去家里做客。这可不是空想。有天下午我开车经过超市，亲眼看到他们带着女儿坐在外面。那天剩下的时间里,我全身都因为激动而微微颤抖。

除了对他们的大理石台面、发型和不经意的亲密举动产生偷窥式的快乐外,对我来说还有一点让我欣慰,那就是在一个他们绝对有能力选择任何居住地的世界上,他们选择了跟我住在同一个城市。老实说,我并不真的喜欢这座城市。对不起,洛杉矶。事实上,我在这里从未有过真正的家的感觉。我怀念纽约,怀念四下闲逛,怀念出门喝杯咖啡的工夫就能遇见许许多多、形形色色的奇葩同类。

在我对内特和耶利米近乎变态的痴迷背后,是无处不在的乡愁。当我还是个孩子时,想家就成了一个问题。这是一种慢性病,就像哮喘一样,时好时坏,每年都要发作。我从来都没有办法在朋友家过夜。大概坚持到晚上11点,一种特别的焦虑感就会笼罩我,让我觉得自己待错了地方。在和朋友母亲尴尬地交流之后,我会噙着泪打电话给父母,让他们来接我。这件事很困扰我,我也努力抗争过,但几乎总会屈服于那种沉重的、不对劲的感觉。好像我心里有一只小鸟,在为自己身处错误的巢穴而大声啼叫。等我长大成人后,事情变得更为复杂。现在当我想家的时候,唯一能来接我的人就是自己。我冲着那只小鸟大喊,让它闭嘴。我们(小鸟和我)能有个安身之处难道不算是一种特殊的幸运吗?当然,回答是一声响亮的肯定。

想家的重点并不是房子,而是一些难以捉摸的东西。例如安宁、平静、幸福、归属感和放松感,这些感觉在经过许多年后,在某个时刻,凝结成为词源学上的"家"(home)字,从词源上,这个字也许与爱尔兰语的"coim"有关,后者的意思是"令人愉悦的或温馨的"。

当内特和耶利米的节目第一次播出时,我的孩子才两岁,我们的房子里到处是塑料玩具和积木,还有一些哗哗作响的丑东西和优色林湿疹霜。家里不coim,我的婚姻也不coim,作为一个母亲,我从来没觉得coim过。我努力不大声喊叫,但实际上却一直在喊叫。这里没有任何东西能让我感到coim。真正能让我感到coim的是:等孩子上床睡觉后,我一边吃着放在腿上的外卖,一边看着有线电视里的内特和耶利米;我在社交媒体上关注内特和耶利米,并且关注他们所关注的所有人。夜里睡不着的时候,我会不停地浏览别人精心布置的房间,有些豪华,有些小巧朴实,但它们都充满了coim。我会动情地把自己投射到这些小小的方形照片当中,想象自己身处一套舒适的巴黎公寓里,坐在铺着绒布的沙发上,或者在挪威某个温馨的尖顶小屋的壁炉旁,蜷缩着抱住自己的身体。

直到有一天,在《内特和耶利米的设计》第三季中发生了一件事。内特和耶利米在鲁尼恩峡谷进行家庭徒步旅行(我一边吃着冰激凌,一边看他们爬山)。望着峡谷,内特转身对耶利米说:"怎么样?眼前这一切让你作何感想?"我愣了一下。这是什么问题?他问的到底是什么?耶利米要对自己看到的什么东西做出评价?

他们又拖了一集才停止对观众的挑逗,最终揭晓谜底:**原来他们当时正计划搬回纽约**。尽管内特似乎对住在洛杉矶的现状很满意,但耶利米想要搬回去。耶利米怀念大都市的热闹,并希望他的孩子长大后能一直接触各种各样的人。他们随即就开始播放他们在市里看联排房的视频片段——**就在我家所在的片区!我小时候长大的地方!**——就好像离开一座城市,选一个新家,然后登上飞机这些事不需要他们花时间去消化。我惊呆了。我不相信他们居然会把我丢在这里!

承认自己感觉被这两个我其实不认识的人深深地背叛了,是一件挺令人尴尬的事情。

在我坐下来写这篇文章的几个星期前,《建筑文摘》发表了耶利米和内特新装修的西村别墅的照片。他们同时在自己的社交媒体上发布了链接——相爱的情侣知道如何在社交媒体上步调一致!我打开链接,以光速查看了这所房子的图片。我看了很久,想要放下手机回去工作,但又回来盯着它们看。能怎么说呢?它是完美的。我多么希望能够跳进屏幕,坐上能够直接滑到他们内置墙前方沙发上的神奇滑梯。我想坐上飞机,和他们一起重新开始我的生活。

我想和他们一起在家庭影院看电影，我带着葡萄酒和奶酪过去。当然，只有我一个人吃，因为他们都保持着令人难以置信的完美身材。

回想起做母亲的最初几年，在孩子从一岁长到三岁期间，我的感官记忆的主要内容是自己陷入无穷无尽的糟乱之中。我坐在地板上，用湿巾擦拭各种婴儿体液，湿巾用完了，就用袖子或裤子擦；我上了数不清多少个小时的婴儿体能课，那是一个巨大的由软垫组成的房间，我和我的孩子坐在蓝色的橡胶地板上，把彩虹的布条扔到空中（本来应该由他来扔，但他不肯，所以由我代劳）；我花了数不清多少个小时在家里的地板上捡玩具，然后躺在婴儿床旁边的地上，用一只毛绒大象当枕头，直到他入睡；我蹲在地板上，擦着到处流淌的尿液。在这些时刻，你的思绪不可能不飘向远方，你不可能不想去一个没有屎尿、塑料制品和婴儿体操垫的地方。对有些人来说，那可能是他们曾经对某个地方的回忆，一次度假，或者一次没能成行的度假——该死的，也许等到孩子长大就有机会了。对我来说，我想去内特和耶利米的家，那里的一切都安排得井井有条。

内特和耶利米，如果你们正在读这篇文章（我非常清楚你们不会读，而且我认为这样是最好的），我很抱歉我曾经生你们的气。我越想就越意识到我的愤怒其实是一种带着渴望的妒忌。

他们作为一个整体，似乎是 coim 的化身。他们在一起的样子，他们华美的周遭，他们甜蜜的日子，他们的电视节目，以及他们精心设计的配饰。但最让人感到 coim 的是，我在电视里看到，每当耶利米像小时候的我那样流露出"我想要有人来接我回家"的感觉时，内特都会做出回应。

哎，真让人着迷。

内裤三明治

关于分娩（和产后），有很多事情没有人告诉你。你听到的都是些花边新闻、谣言、小道消息。似乎这些事情并没有明明白白的、可靠的信息来源。分娩这件事差不多有10亿年历史了，但今天的女性仍然不得不依靠临时搭建的地下八卦网络来了解她们在生产时会发生什么。这真是人类之耻。

在我分娩后的几个小时，儿子被带到了育婴室，而随着我的硬膜外麻醉药效的消退，我也逐渐恢复了知觉。晚上10点左右，一位老式做派的护士——我想她叫弗朗辛，或者她只是看起来像弗朗辛——来查看我是否能自己站起来。当我们一致认为我可以站住的时候，她就拔出我的导尿管（太酸爽了），扶着我去了卫生间。等到了卫生间，她对我说：

"那么，在你自己上厕所之前，你要学会怎么做内裤三明治。"

什么？

她接着往下说：

"你会觉得有点疼，有些异样，后面几个星期，每次你要上厕所，都要做一个内裤三明治。"

当这两个词被放在一起，我感觉就像是被人从头到脚泼了一桶冰水。太令人震惊了。

内裤、三明治。

在我此前的人生经历中，这两个词最接近的一次，也许是出现在同一个待办事项清单上：给奶奶打电话、买新内裤、做三明治。但这种说法还是太牵强了。事实上，我列过很多清单，但没有这样的。关键是，我确信在我整个人生的言谈话语当中，这两个词从未搭配出现过。

护士接着解释道（我大致复述一下）：三明治的底层是一次性网眼内裤——你可以把它当作"面包"。接下来是一片比小法棍还大的产褥垫。我知道，这样的比喻有点乱，因为这东西本来就已经放在"面包"上了，但……不管了，就当它是"肉"吧？不管你怎么形容，这整个"三明治"都很恶心——我也不知道该怎么告诉你，抱歉。"生菜"是从冰箱里拿出来的凝胶冰敷垫，就是职业足球运动员用来舒缓小腿伤痛的那种东西，只不过这次它不是用来敷足球运动员的小腿，而是用来覆盖女人的整个下体。你得尽可能地让这块冰敷垫稳稳地放在巨大的产褥垫上。然后（对，姐妹，这还没完），在冰敷垫上，还要整齐地铺上几片圆形的金缕梅护垫，就像披萨上的意大利辣香肠一样。最后，你还需要一个装着温水的塑料挤压瓶①（就当里面装的是油醋汁吧），护士会告诉你，在你的身体努力排出任何东西之后，都要用这个瓶子朝着你那饱经风霜的下体喷温水用于清洁，因为这个时候使用卫生纸就像是在用刮刀割你的舌头。

现在，我知道你在想什么。三明治最上面的那片面包是什么？答案会不会是什么也没有，除非算上你自己？或者你可以把它想象成一个没有封顶的三明治，大约每两个小时就要重新制作一次。此外，每次你需要上厕所时，都必须把挤压瓶用温水重新装满。

起初我不明白这么做有什么必要。毕竟兴师动众的内裤三明治看起来有点儿小题大做了？我会这么想，是因为当时麻醉的药效还没有完全过去。等到麻醉的药效完全消失后第一次小便时，我差点哭了。那时还没有解大手呢。在我继续往下说之前，要先给你一个预警，如果你愿意，可以不读接下来要发生的事情。我甚至不知道要预警什么，

---

① 护士给我的瓶子立刻让我想起了 Blimpie 店铺柜台里面那种装油醋汁的瓶子，我在 20 岁出头的时候在那里打过工，连续 3 个月每天都吃炸鸡排三明治。

或许是"**残酷的真相**"？

总之，过了一两天后，我才鼓起尝试的勇气。由于医院在你没有排便之前不会放你离开，而我并不想一直住在那里，所以最好的办法就是完成这件事。记得当我感到有便意后，就拿着挤压瓶走到卫生间。我开始试着用力，但……嗯，怎么说呢……没怎么用力。感觉我的大便就那么……掉了出来。因为——我实在想不到其他描述方式——没什么可用力的。我猜，我的屁眼（对不起，我确实认为这是最好的说法，我是不会说"肛门"的）是如此的……松垮？以至于没有任何的收缩或阻力感。我无法想象那是什么样子，实际上也不想知道。当我一边挤温水，一边开始制作内裤三明治时，我忍不住哭了起来，眼泪止不住地流。我是不是完蛋了？我的性器官是不是已经被永久改变了？很明显，我的激素分泌失控了，让我的头脑变得不清醒，而雪上加霜的是，我的金缕梅护垫一直从巨型冰敷垫上往下掉。

我忍不住想，如果有人，任何人，能够事先告诉我内裤三明治的事，可能我的感觉会好些，但没有这样的人。甚至抛开"内裤三明治"这个词儿，也没有人跟我描述过相关的概念。我意识到这可能是弗朗辛独创的说法。

为什么会这样呢？我是说，我已经怀孕9个月了，总该有人提起这件事，对吗？

但是,既然我们都说到这里了,为什么你必须怀孕才能了解到人生的这一面呢?难道不是每个人都应该知道这些事吗?我想你可能会说,这是因为这件事与他们无关。但如果我们接受这个衡量标准,我相信大多数人就只知道叉子和微波炉了。

事实上,我们在上学时确实学到了很多关于身体和青春期的知识。

然而,尽管从来没有听说过关于女性身体在分娩期间和分娩后的细节,但我可以肯定在纽约市公立初中和高中的各种生理课上,老师不止一次地教过,男孩有"梦遗"(也有人叫作"湿梦",说实话,这个词让我写下来都觉得恶心,但它至少不是我编的)。但为什么我需要知道这些?我,一个十几岁的女孩,要被反复告知,青春期的男孩会做非常生动的春梦,最后会搞到床单上……而与此同时,对于把我们带到这个世界上的分娩细节,却没有人需要了解吗?为什么这方面的知识让人觉得像是肮脏的秘密,只在有需要的时候才能瞅一眼?它就这么难以启齿吗?为什么当我可爱的婆婆在孩子出生后来帮忙的时候,觉得自己必须偷偷塞给我一个装满产后护理用品("店里的最大号护垫都在这里")的药店大袋子?这些护垫是那么大,仿佛她想要偷偷塞给我一个空气炸锅。尽管如此,她依然试图在我丈夫的视线之外把袋子递给我——好像他不知道我在出血一样。此外，为了找齐内裤三明治的制作材料，她不得不在商店里转来转去。难道这个世界上就没有一家药店能把这些东西做成套装销售吗？

在此，我想说的是，在写这篇文章的时候，我上网查了一下是否有人在做这件事，结果发现婴儿用品公司弗里塔（Frida）确实在销售内裤三明治套装（不是用这个称呼，但确实让人感觉错过了一个好名字）。他们正在努力填补内裤三明治细分市场的空白，这给我留下了深刻印象，我点击进入他们网站"关于我们"的部分，内容如下：

妈妈的日常工具包：让你赞不绝口、记下笔记并且与其他像你一样的父母分享的秘密武器。

为什么要说是"秘密"武器？为什么一家依赖知名度盈利的公司，在自己的市场营销中，仍然要强化其产品必须秘密存在的观念？**为什么？**

对于上述任何一个问题，我都没有答案。我只知道，医院里的那一刻在我心里萦绕不去：坐在日光灯下的马桶上，试图遵循护士的指示，摸索着瓶子、产褥垫、冰袋和金缕梅护垫，同时还在流血、感到害怕和筋疲力尽。我想到了全世界所有处于这种脆弱状况的女性，想着为什么没有人告诉我们这些事情。

还有一点让我耿耿于怀，我学过那么多次关于梦遗的知识，却从来没有学过关于内裤三明治的知识。显然，对于学校课程和整个流行文化来说，让男孩们为那些令人兴奋的混乱的梦做好准备是非常重要的，而这些梦的残留物，则常常被他们的母亲一言不发地洗掉。

我未来的同性妻子

每隔一段时间,我都会幻想一下自己未来的同性妻子。我并不是想离婚,也不是同性恋。我只是说,或许再过十年左右,如果有那么一点点可能性,我可以不再过那种常规的、已婚的生活,我可能会(希望会?)想要一位妻子。我每周都会花几分钟时间设想自己人生的下个(可能的)篇章。(谁知道呢,万一呢?)

性取向显然是一个谱系,但我并不是说那些最终有了妻子的离婚女性是从异性恋转变为同性恋的。我的确相信对于大多数人来说,他们的性取向可能具有一点点的流动性。(还有些人具有完全的流动性?)在过去的几年里,在我认识的女性当中,或许有一种现象在抬头。这些女性跟男人结婚,生了一两个孩子,并在别人认为她们已经上了年纪的时候①离婚。这些女性想要重新开始享受爱情，但她们突然有了一个让自己都大吃一惊的发现，那就是她们对男人不感兴趣了。这些朋友遇到了其他温柔体贴的女性，尽管后者看起来不再青春年少，她们依然认为这些女性很有吸引力。于是接下来，她们就开始勾勾搭搭，并且发现——**哎，感觉不错呀！**之后她们成了同性伴侣，并且忽然间，用年轻人的话说，开心得要飞起。我确定我也可能如此。再次强调一下，我只是说说，但我不是没想过这事儿。

这件事对我来说还挺新鲜的。我不是20世纪90年代那种到了大二就寻思着交个女朋友的女性，尽管我上的是瓦萨大学，而在那里你能做的最古怪的事就是始终做个异性恋。以下是我的同性恋经历简史，截至本人写作本书时的42岁②。

首先，我在格林威治村长大，在我就读的小学里，很多老师都是同性恋。那是20世纪80年代初格林威治村的公立学校，在这种环境中的所有女性，不管她们的性取向如何，审美都比较相似（廉价商店的衣服，素面朝天，所有财产都装在各种公共电视网认捐活动送的手提袋里。而

---

① 我讨厌这种说法。但老实说，我宁愿别人说我有一百万岁。
② 我的天啊。

且我猜,她们从不修剪自己的体毛)。我知道这并非"同性恋经历",只是与同性恋者近距离接触的某种经历。我只是说,在女同性恋老师和异性恋妈妈都拎着同样的帆布手提袋的情况下,作为一个孩子,很难把这些标签当回事。

大学四年的大部分时间里,我都没有跟任何人上过床,更不用说跟女人。但一个女性朋友确实给我进行过一次尴尬的背部按摩。在按摩的过程中,我一度在想她是不是想摸一下我胸部的边缘?如果是这样,我会觉得挺不错。记得当时我脑子里来来回回想的就是,如果她开始跟我亲热,我要不要附和她,而就在我做出肯定的决定后,按摩结束了,我们又继续听起了丽兹·费尔的歌。当时,我感到了失望。

但是,我没有发生女同性恋性行为的事实,似乎并没有改变人们对我的某种看法。这件事直到我大三下半期终于开始与男友约会时才发现。他跟那些在我隔壁住了整整一年的时髦的阿尔法女孩[①]关系很好。她们是那种女孩,哪怕只住10个月,也要用很多华丽的复古家具把寝室布置得像索菲亚·科波拉的《玛丽·安托瓦内特》的片场。这些女孩几乎没和我说过话。当我们在大厅里擦肩而过时,她们表现得还算友好,但基本上只是把我当成来往于派对路

[①] 阿尔法女孩,指许多方面的能力和表现都在同龄人之上的年轻女性。——编者注

上时碰到的书呆子眼镜妹。那些派对在当时的我看来，遥远得如同开在冥王星上。最终，当皮特和我成为恋人的时候，他告诉我至少在我们第一次约会的一年前，他就问过她们我是否单身。而她们的回答毫不犹豫："是单身，但她是同性恋。"尽管如此，皮特依然没死心。

30出头的时候，我为了兼职电视编剧的工作搬到了洛杉矶。因为我还留着纽约的公寓，不用把所有的家当都搬到西部，所以我必须找一个带家具的分租房。于是我一路住过许多客房，但凑巧的是，房东们恰好都是女同性恋。其中一个客房是一间狭小但神奇的工作室，位于一栋华丽的工匠风格房子的后部。房子里住着两个女人，苏珊和梅，还有她们的儿子，是苏珊和前夫生的孩子。她们有两条狗和一只猫，以及不错的品位。她们的房子里摆满了兰花以及超大号的舒适靠垫。如果和直男生活在一起，你可能需要上法庭才能把它们留在房间里。当我在里面的房间写作时，从来没有听到过她们吵架的声音。偶尔，我会抬头望向一尊闪闪发光的巴厘岛女神雕像，它立在一个精美的嵌入式置物架的上方，静静地审视着房间。当我纽约的男友在电话中与我分手时，也是它平静地望着我。我记得当自己抱着超大号靠垫哭泣的时候，曾经不无憧憬地望向主屋，想着苏珊现在肯定比以前幸福得多。我想知道她是不是一直知道自己是同性恋，但不能出柜，所以才结了婚。又或者她和丈夫曾经相爱,直到离婚后才开始考虑女人,甚至她从来没有一秒钟考虑过女人,直到她遇到了梅?尽管我的异性恋经历挫折,但我还是继续尝试和男人约会,几年后我遇到了迈克,我们订婚了,似乎我要在一条直路上走到黑了。

然而,就在婚礼的三周前,我们大吵了一架,吵得惊天动地。我现在已经完全不记得是因为什么,但当时的感觉非常严重,甚至连婚都可能不结了。我冲出公寓,并立刻意识到正站在纽约大街中央的我没地方可去。我给每一个朋友打电话,想看看是否有人可以去喝一杯。但他们要么真的很忙,要么其实有空,但不知为何,并没有被我涕泪横流、自怨自艾的语音留言打动。我发现自己在格林威治村里漫无目的地走着,而这是我的出生地,每当我遇到困难的时候,我总会像一条大马哈鱼一样回到这里。

我在街上走着,对这段关系越想越气。但与此同时,我也越来越惊恐地意识到,如果不结婚,那么我可能会遇到真正的麻烦。因为我已经退掉了旧公寓①,而天上开始下雨。也许这就是人们结婚的原因,为了在下雨的时候有一个容身之地。当我的外套被雨水浸透的时候,我注意到位

---

① 这不是一本指南书,但我一定要给所有的年轻女性读者一个忠告:永远不要退掉你的公寓。永远,无论如何也不要。

于第六大道西三街交会处的IFC剧院正在上映《蓝色是最温暖的颜色》。我对这部电影不太了解，只知道讲的是女同性恋的故事，时长大约四小时。里面好像有一些性爱镜头，所有这些感觉都很诱人，尤其是它长达四个小时，因为我的直男未婚夫把我气坏了，我现在可不能回家，所以我决定一个人进去看电影。奇怪的是，尽管当时的我没有穿风衣，但我感觉好像自己穿着。

考虑到你可能还没有看过这部电影，我就不剧透了。只想说如果你想拥有一生中最情色、最颓废的体验，那么就在雨天独自跑到剧院去看《蓝色是最温暖的颜色》吧。如果做不到，不妨像我这样把它下载到笔记本电脑里。这样你就可以不断回放那些调皮的部分。爽！其中有三四段亲热场景，每段大约十分钟长，而且都是实时拍摄的。这些女人是你所见过的最性感的人，而且有一种不可复制的独特之美。说真的，想到这里我就得停下来缓一缓。

好了，我回来了。

走出剧院，回家见到那个我恨不得杀掉的男友，有生以来第一次，我开始认真考虑这个想法：也许有一天我可以从异性恋中解脱，开启同性恋的新篇章。就像那些在纽约生活了一辈子，无法想象在其他地方生活的人，有一天终于来到了波特兰，并且发现：啊，我能想象自己在这里生活！也许大马哈鱼不一定非要回到格林威治村。也许大马哈鱼可以和她未来的同性伴侣游到别的地方。

关于如何遇到这样一位女性，我发现自己构建了一个有点复杂的幻想。在我的想象中，她是一位陶艺师。我刚刚结束了一场糟糕的约会，那家伙是在某个交友软件上认识的，他的文字让我相信他是一个文艺、有趣、敏感的人。但等见了面我才发现他是个闷葫芦。我勉强陪他喝了一杯就坚持不下去了，草草结束了约会。外面下着雨，我没有带伞。就在雨势变得越来越大的时候，我刚好路过一个陶艺工作室的店面，里面有几个人正在上课。授课老师（我未来的妻子）在不经意间看见了我，她朝我招手让我进屋避雨。我为自己的闯入表示歉意，而她拉过一把椅子让我玩玩黏土。恰好今天有个学生请假了，所以多出了一个位置。（是的，我的幻想中包含着一次陶艺课的取消——感受到我的热情了吗？）

总之，在这一幕中，我未来的女伴比我大几岁。我想象她长得像女演员安妮特·贝宁，拥有那种在自然中老去的凹凸有致的美感，她穿着老式连体衣，就像爱德华·霍珀画的加油站里出现的那种样子。[1] 她给我倒了一杯酒，教

---

[1] 贝宁在导演迈克·米尔斯的《20世纪女性》（*20th Century Women*）中确实穿了这样的衣服。当我看到时，简直幸福得要死，我意识到我这辈子剩下的时间里都想穿这样的衣服。在网上搜索"安妮特·贝宁20世纪女性连体衣"就能看到，不用谢。

我如何做好一个杯子的把手。我脑子嗡嗡的,做了一个超出预想的杯子,还报名参加了一个为期12周的课程。她有着女演员梅丽尔·斯特里普般的热情和从容(我意识到,在我的幻想中,我未来的女伴基本上是45岁以上的一线女星的混合体)。在参加陶艺课的过程中,我意识到跟她在一起的感觉,比我一生中跟任何人在一起时都更为舒适和开心。最后,在全部课程结束,我们即将告别的那天,为了让我方便把作品带回家,她用纸包裹我做的江户时代风格的色拉碗。我则在脑海中组织即将要对她说的告别的话。但当那一刻来临时,她用双手捧住我的脸,亲吻了我。就这样,我们开始在一起生活。我们不必玩那套无休止的感情博弈游戏。因为我们两个人,从精神上讲,都是简单忠诚的人。

我们将住在托潘加峡谷,一个我从未去过的地方,想象那里都是我们这样的人。我们的房子是土路旁一间简陋的波西米亚小屋,里面是必不可少的大枕头和毯子,还有那些我在跳蚤市场上看到,想买却没买的印花茶杯——因为我不想让丈夫不开心。到处都挂着质朴的金属风铃,不知为何,它们总能在我们达到性高潮的时刻神奇地叮当作响。我们在斑驳的阳光下醒来,用侘寂风的漂亮杯子给对方倒咖啡,这些杯子被我的伴侣销往了abc carpet and home①以及北加州一些低调高档的精品店。当我们不穿连体衣的时候,整天都穿着卡夫坦长袍。

我明白,我对未来同性妻子的幻想仅仅是:一个幻想。在养育一个小孩子这种艰难的马拉松般的过程中,很容易把那种"围城外的生活更容易"的情感投射到其他的生活、其他的地方、其他人,甚至其他的性取向上。在这个时期,当如此多的精力被花费在照顾一个需要如此之多的小孩身上时,谁会不梦想着能得到更多的呵护和关怀呢?**说到这里,有一点我觉得必须指出(也许我是错的,但我想我应该是对的)**,那就是这个现象似乎没有发生在男人身上。大多数50多岁的男人在离婚后,不会利用社交软件找一个男性伴侣一起生活。我知道我们女人并不完美,而且和我们恋爱肯定要花很多精力。**当然是这样啦**,不然呢?

我只是说,也许不可否认的事实是,有了妻子,生活变得更容易。

---

① 美国一家致力于可持续发展和公平劳工标准的家居采购公司。——编者注

在停车场听碧昂斯

2016年4月23日,碧昂斯在午夜时分发布了新专辑《柠檬水》。

《柠檬水》让我听得停不下来。这是一张杰作,所有人都被震撼了,所有人都在谈论它。碧昂斯是个天才。当生活赐予你《柠檬水》的时候,你要怎么做?你要听上它100万次。

这就是我在城里开车时所做的事,我紧紧握着自己那辆胡桃色普锐斯的方向盘,通常会用力过猛。我要么赶着去工作室,要么从工作室赶着回家,争取在保姆离开前回到孩子身边。到家后我要给阿什喂饭,然后趁着迈克给孩子洗澡的空当站在厨房水槽边塞两口吃的。接下来,我要给阿什读书,并想方设法让他睡觉。等所有这些事情完成后,我有1个小时进行徒劳的写作,然后就必须去睡觉。只有这样,当阿什在半夜开始哭闹时,我才有足够的精力起身。我越来越明显地感觉到,当我后退一步,审视自己紧张、僵硬的姿态下正在沸腾的情绪,会发现它越来越像是愤怒,或者至少是……类似愤怒的东西,一种逐日累积,被激素放大的挫败感。一种"我不能再继续这样下去"的感觉,却在一次又一次的重复中不断叠加。

我反复听《挺住》。有时候当你喜欢一首歌,不知为何会觉得它在你的身体内外同时响起,我听这首歌就是这个感觉。开头的音符是缓慢的,像马蹄声,然后响起了汽笛声……接下来,碧昂斯到来。

有些事感觉不对劲
因为它就是不对劲

《柠檬水》问世后大约一个月,迈克和我开始讨论如何庆祝儿子的生日。感觉这是一个奇迹:他就要一岁了,而我们还都活着。我不想办大型活动,因为当我说我们还活着的时候,我只是确定自己还在喘气,但已经气若游丝了。我疲惫不堪,超重25磅,而且最近刚经历了长途搬家,人生地不熟,我总感觉自己站在一艘漏水的救生艇上,面对着茫茫大海。

迈克不断强调我们需要搞些活动,让这一天有点儿仪式感。

"当然,"我的回答也就是一句话,"我并没有说什么都不做。"

我们重复着这些对话,气氛变得越来越紧张。但其实我们的关系早就很紧张了。我们快一岁的孩子最喜欢的起床时间是凌晨4点。我们都有全职工作,并且非常努力地想成为好父母。我们都感到筋疲力尽。就像许多夫妻在孩子出生后的头一年里那样,我们都有些枯竭了。

生完孩子6周后,我去做复查,好让医生"批准"我恢复性生活。她举起一个小灯,检查我的阴道。"你看起来就像没生过孩子一样。"她说。这感觉百分百是一种赞美,但同时我忍不住像凯莉·布拉德肖[①]一样想知道,当你的阴道看起来确实像生过孩子时,它是什么样子。

但妇产科医生的认证只能管到这里。在有了孩子后,夫妻双方都必须重建他们的自我认知。而在我新的身体、溢奶的乳房和缺乏床笫之欢之间,我感到的是活力的丧失。我很沮丧。我在半夜里坐着,穿着脏兮兮的哺乳胸罩,一边刷着推特,一边让吸奶器从我的乳头中吸取奶水。我已经不记得在成为现在这个人之前,自己是谁。

或者说,在听到《柠檬水》之前,我不记得。

[①] 电视剧《欲望都市》中的角色,职业是专栏作家,经常使用"有的时候我想知道"的句式。——译者注

哪一种更坏，看起来嫉妒还是疯狂？

嫉妒还是疯狂？

这首歌像一根音叉刺中了我，它触发了一枚在过去两年中我自己无法制造的音符。面对任何敢于否认它的人，这首歌都是性活力的声明。这首歌就是碧昂斯，一个赤着脚、穿着黄色雪纺裙用棒球棒敲碎车窗的女神，它充斥着明亮、炽热的愤怒，同时看起来像是最凉爽的春日。

在对《柠檬水》极度痴迷的那段时期的某个傍晚，我下班开车回家。我听着《挺住》，感觉有点儿飘飘然。夕阳西下，天边现出绯红和橙色的霞光。我打开车窗，让暮春的微风温暖地吹过。我戴着新的太阳镜。尽管承认这一点很尴尬，但我就是觉得自己戴太阳镜的时候更有吸引力。我在红灯前停住车，另一辆车停在了我的右边。我瞥了一眼那个司机。他穿着纯白色的T恤，皮肤是古铜色的，一只文身的胳膊搭在车窗外。他看起来就像是用男演员瑞恩·高斯林的一根肋骨创造出来的。

这个路口的红灯时间很长，让我有更多的时间来仔细瞅瞅他。我的眼神直勾勾的，带着那种从车里盯着别人看的时候所产生的虚假安全感。你总觉得他们不知道你在看什么。但事实上，人类最可能感知到的就是有人正从另一辆车里看着他们。我看得正开心，突然他把头转向我。我的心开始狂跳。我的天哪!他在看我吗?该死,他是不是……爱上我了?在我酷酷的太阳镜和汽车音响播放的碧昂斯之间,我的车是不是笼罩在一团粉红色的费洛蒙之中?我会不会像是一只红屁股的狒狒,我那准备交配的姿态是不是像一面正在空中挥舞的旗帜?我又瞄了他一眼。他还在看我。我移开了视线。上帝啊,我并不想背叛我的丈夫,但现在——机会送上门了。我们要做的就是在路边停好车,然后各自打开一扇门。

"嘿!"他说。

(哦,老天爷,真的发生了。)我看向他。(再见,老公。再见,家庭。再见,我昔日的生活。你好,戴墨镜的我。你好,有年轻男朋友的新生活。)

"嗨,你好。"(冷静点,冷静点,冷静点。)

"嘿。"

他稍稍探出车外。

"你能告诉我怎么去希尔赫斯特吗?"

他只是想问个路。他不想吻我,不想和我做爱,不想在电话里聊到深夜,也不想做任何我在等红灯期间想象的可能发生的事情。绿灯亮了。我们之间亲密关系的最高等级是在我跟他说清楚怎么走之前,我们默契地选择了无视交通信号灯。他向左转,而直行的我品尝到了无比的尴尬。当一个人无比尴尬的时候,他会变得突然非常有兴致寻找并命名自己身上所有可能显得荒唐的事情,我就是这么做的。于是,我这才想起来,我开的是一辆被刮花的胡桃棕色①的普锐斯,后面有一个婴儿座椅,上面满是麦片和果汁渍。地板上是揉成团的诚实牌婴儿湿巾,还有一些我和阿什在公园里随便捡的树枝。鬼知道是因为什么,碧昂斯的代入感让我恍然间忘记了,仅就性魅力而言,开车的我和直接推着一辆婴儿推车没什么区别。我想,作为一个30多岁才拿到驾照的纽约人,有件事我还没有真正领会,那就是车如其人,这和衣品是一样的。我曾经短暂幻想过自己是某种版本的神奇女侠,一个驾驶着隐形汽车的美丽、强大的女性。我已经忘记了,事实上在有些人的眼里,我才是那个隐形的东西。我的车用千言万语只讲了一个故事:当妈的、实用主义、一团糟、不堪重负、可能知道去希尔赫斯特的路怎么走。

又过了一周,我在"派对都市"(Party City)商场里转得晕头转向。迈克和我最终决定在阿什生日时进行小范围庆祝,在家里接待一小群朋友和家人。迈克主张安排一

---

① 这辆车子的官方配色叫作"胡桃棕色",但它并不是真正的胡桃棕色。当我在现场看车准备做出购买决定的时候,我拍了一张照片发给我的朋友凯特。她回话说:"原来普锐斯还有紫色?"对,它就是那种棕色。

些娱乐活动，比如请魔术师或吹泡泡艺术家①。考虑到那些一岁的孩子连自己在哪里都还搞不清楚，我无法接受为这两项活动中的任何一项花钱。(在我写这篇文章的时候，阿什已经4岁了，每天早上还在问我"今天星期几")。不过，我认为必不可少的是氦气气球，这是唯一能让12个月大的孩子开心的派对主打品。说实话，我灵魂中的一部分仍然认为氦气气球是一种非常酷炫的奢侈品，而且永远不会变。小时候，当我和兄弟姐妹过生日时，只能得到那种你需要自己吹起来的橡胶气球，一个袋子里装100个，看起来像萎靡的小虫。只有极少数的时候，家里会出现一个氦气气球，我们会玩很久，直到它因为气体不足，在我们头顶差不多的高度打转，然后是膝盖，最后落到地上，但就这样我们仍然会继续拍打它，像小猫玩弄一只死老鼠。

由于是我坚持要买气球，于是这件事就由我来负责。这就是为什么，此时此刻我有生以来第一次身处"派对都市"的儿童区过道。但正如我前面所说，我差不多已经转晕乎了。我还应该为这次派对挑选餐巾纸、盘子和叉子，但可选的数量之多让人感到不知所措。这里大部分花里胡哨的东西都出自我从未听说过的儿童节目。《爪子巡逻队》(*Paw Patrol*)？那是什么鬼东西？(后来我才知道，它

---

① 我不知道该怎么告诉你，但真的有吹泡泡艺术家这回事。

叫《狗狗巡逻队》，在受欢迎程度上与美剧《宋飞正传》差不多，如果你连它都不知道，那你基本上就是个十足的白痴。）

我终于在气球订购柜台前排上了队，这个队伍长得令人震惊。在等待的过程中，我看了看可选项，脑海中冒出了无数个问题。聚酯薄膜还是橡胶？单色还是多色？10个还是20个？一个房间需要多少个气球才会有节日气氛？你不想要太多（俗气），但更不能太少（小气）。我还有吸引力吗？我就要41岁了。我还有多少年就会彻底失去魅力？我要不要买一个数字气球？这种气球可能会比较有趣。我的活力消失了吗？我所感受到的一切似乎都与"派对都市"数不胜数的积极乐观的细节完全相反。这个都市就是为派对而生的。不过，轮到我下订单时，我确实感到了一种快乐的期待，为我的小男孩能够得到这些气球礼物，同时也为自己是一个像样的母亲而感到一丝难得的自豪。更重要的是，我甚至安排了提前一天来领取气球，这样我就不用在庆祝活动开始前还要过来排队。我们计划在早上10点开始庆祝。

我就是这样把气球的事情搞砸了。

派对前一天，迈克和我一起检查清单。迈克负责的是餐饮，而由于他很擅长"完成""任务"，所以现在房子里已经到处摆满了盒装果汁,下午还会有一装甲车的通心粉和奶酪送过来。我们为宝宝举办小型生日派对的紧张情绪加剧了这件事情的紧张感。"气球怎么样了?"他问。

"我昨天订的,今晚去取。"我自豪地说。

"什么?"他的语气没有表现出足够的赞许,这让我感到惊讶。也许他没有听到我说的是:**昨天下单,第二天,也就是今天,取货**。就我这统筹能力,还不得统领三军?

"这么做是愚蠢的。等到了早上它们全都会掉到地板上,你这个白痴!"(他并没有真的说"你这个白痴",但感觉就是这个意思。)

"该死的,你在说什么?"我冲他大喊,心开始慌了,"我小时候,这种气球能玩上几个星期!"

"那种是聚酯的!不是橡胶的!"他冲我喊了回来。

我跑进卫生间,搜索"氦气球",发现他是对的。我把气球的事搞砸了。我毁了一切。如果我足够坦诚,我要告诉你,当时我坐在一个盖着的马桶盖上,网上信息一遍遍确认迈克有关橡胶气球的说法是对的,我开始轻声哭泣。尽管从任何意义上说,这都不是我一生中最糟糕的时刻,但它无疑是最悲伤的时刻之一。

我想象着我们的孩子在瘪气球的海洋中哭泣的样子。

"**我会搞定的。**"我对迈克大喊,"**我明天早上会弄到新气球。**"

在点评网站（Yelp）上，一些乐于助人的人，为了众生的福祉不惜花费自己的时间写下：要在"派对都市"买气球，你必须在他们8点开门之前到达，因为在那之前就已经开始排队了。我7:15出门。阿什还不知道今天是他的生日，他坐在高脚椅上，把酸奶扔到地上。

我还是不了解洛杉矶的交通情况，出门5分钟就到了商店。我把车开进"派对都市"的停车场，发现这里只有我一辆车和我这么一个人。起初我很恼火——剩下的该死的40分钟我该做什么？——但这种愚蠢的想法只持续了半秒钟，我想起了每个新手妈妈都知道的一个道理，那就是不论何时何地，任何独处的时间都是一份礼物。我把车滑行到离商场入口最近的停车位。这是一个和煦的、阳光明媚的初夏早晨，加州的阳光照耀着整片商业街——一间Souplantation自助餐厅，一家Walgreens超市，一家Panda Wok餐厅。我把座椅调到最靠后的位置，开始播放《挺住》。这首歌我已经听了不下300遍。

我才没有完美到

觉得这样做毫无价值

微风从我车里吹过。我回想过去的一年。阿什的第一年。我成为母亲的第一年。我产生这种感觉的第一年。但这种感觉到底是什么呢？是碧昂斯所唱的毫无价值的感觉吗？碧昂斯和我有可能经历同样的事情吗？（如果是这样，那会让我感觉好上千万倍，但想到我们的生活一个在天上，一个在地下，这似乎不太可能。）我感到的只是愤怒吗？或者一种因为感觉失去魅力而形成的阴云密布的情绪生态？现在我的周围没有人，我没有必要假装我不知道这些问题的答案，这些问题其实不是问题。我感到的是沮丧、愤怒和饥渴——更不要说，我们这个社会从来没有想出一个比"饥渴"更好的词来形容这种感觉。"饥渴"这个词感觉像是一个羞辱青少年的词，但我并不觉得自己像个青少年。或者，也许——我是？

我把前后车窗全部打开，把音量调到最大。让人们看看，在"派对都市"的停车场里，是谁在棕色普锐斯车里大声播放碧昂斯的音乐。也许我不是你期待的样子，但我对此也毫无期待。我不再有所期待，我就是现在这个样子。我是一个中年妇女，等着给儿子买气球。

其他的车辆陆续停了进来，"派对都市"开门的时间快到了。作为第一个来的妈妈，我跑在队列的最前面，可以看到其他焦急的妈妈正在朝门口跑去。我走进去（第一个），拿好气球，一共20个。我迎着清晨的阳光走出商场，打开车门，试着把20个气球塞进后座。我尴尬地发现，很难把20个气球都塞进普锐斯的后座，只得把几个气球赶到前座。车里的空间被占满了,除了我,所有的地方都是气球。

  我关上车门,开始开车。我想起过往参加的那些派对,遇到的那些男人,一起度过的那些夜晚。我想知道他们都飘到哪里去了?他们有没有想起过我?如果有,他们对我最深刻的印象是什么?我睡着了吗?我在吃三明治?在笑?赤身裸体?还是在酒吧里给他们递酒?我在他们心中是什么样子?与他们现在看到的我有多大区别:一个神经兮兮的女人,开着一辆装满气球的普锐斯,几乎看不到前面的路。

彩虹之上

带孩子很像做梦。

你或许也曾有过这种经历，你做了一个梦，梦的感觉很真，梦里的事情也很重要，但当你想把这个梦讲给朋友听的时候，他们很快就变得没有耐心。他们也可能会假装感兴趣，这是因为在理想情况下（或只是出于自私），大多数人都被一种社会契约所束缚，我们被要求在这种时刻不要显得不耐烦，因为说不定什么时候我们自己就会变成那个需要帮助的人。

实际上，只有做过类似的梦，别人才会对你的梦感兴趣。这就是为什么你只能和那些有孩子的人聊你的孩子。

只不过，我们做过的大多数梦都很乏味，连我们自己都记不住。

初为人母时的许多工作都是无休止的重复性劳动，从根本上讲都是些让人难以忘怀的苦差事。我知道自己换过成千上万片（几百万片？）尿不湿。但是除了少数几次史诗级的喷屎喷尿之外，我对其中任何一片都没有什么特别的印象。

当然，还有一些特殊的时刻。星星突然整齐地排列（或者四下分散？），你发现自己置身于那种令人难忘的、轮廓分明的超现实梦境中，而此时的你是清醒的（或者按照法律规定，你应该是清醒的，因为你在照顾一个小孩）。毫无征兆地，一些小小的事件在一天的中途展开，突然间，没有任何原因，所有的感觉像潮水一样倾泻到你身上：爱、沮丧、疲惫、敬畏、悲伤。通常在特定时间里，生活只让我们体验一两种感觉。但偶尔，它会把所有这些感受揉成一团，扔到我们头上，只是为了提醒我们，它可以这么干。

在有孩子前，能让我刻意召唤这种情绪洪流的唯一方法是自动洗车。如果你需要宣泄情绪，没有什么比在洗车的时候痛哭一场更好的。我喜欢假装自己正在拍摄一部独立电影，这是一组**非常**特别的镜头，演绎一个情节极度戏剧化的剧本，汹涌的肥皂泡如意大利面抽打着我的挡风玻璃。水花在玻璃上四溅，然后**镜头拉近**，看见眼泪从我的脸上滑落。**镜头渐渐变暗**……

在日常生活中寻找诗意是件很重要的事。

在我们的儿子处于两岁这个可怕的阶段时，迈克经常出差，留下阿什和我独处险境。通常情况下，一切……都还好。可是，有一次迈克出差时间特别久。某个早晨，我们本来计划出门去玩，然后事情就一件接着一件出了差错。早餐的玉米饼端了上来，却没有被吃掉（更具体地说，他舔了一口，然后拒绝了。玉米饼在厨房放了3个小时，最后被我吃掉了）。阿什耍了一阵脾气，我俩都想哭。和大多数日子一样，这一天阿什在天亮前就醒了。到了某个时刻，我感到自己需要去上厕所。阿什一直都爱缠着我，在他两岁后，他整个人好像变成了一张魔术贴，我去任何地方都必须带着他。我朝厕所[①]走去，但阿什抱住了我的腿，喊着："不，妈妈！"我让他去玩玩具汽车，告诉他我会"马上回来"（我真的很急）。阿什对玩车的建议充耳不闻。我试着温和地向他解释，有时候（有时候！多可笑！）大人想自己去上厕所。他对这条信息无动于衷，紧紧地黏在我的大腿上。我的脑海里冒出了砸墙的想法。很抱歉，但我必须这么说——如果你也经历过这些，就会知道我说的是实情——我真的要拉屎。

我试着改变策略。我告诉他，如果他放开我的腿，他可以一起去厕所。他觉得受到了羞辱。我们不是朋友吗？为什么我不愿意他那25磅重的身体在我大便的时候挂在我

[①] 我已经失去了说"卫生间"这个词的能力。即使我不在孩子身边，我仍然会说我需要去"厕所"，这对一个成年人来说是一件非常不讲究的事情。

的大腿上呢？我怎么能这么混蛋呢？

现在我真的快要哭了，部分原因是这一切都太荒唐了，也没有人来帮忙，这一整天看不到尽头，这种日子也没尽头。我身上挂着他从卧室走到厕所，然后坐到马桶上。我把他的手指掰开，好把我的内裤拉下来，但他立刻又重新黏在我光着的小腿上。

"阿什，你得给我一些空间。"我试图调节语气，使我的话听起来像是耐心的请求，但在掩饰挫败感的过程中，挫败感反而会更强，就像一个秃头的男人扎了个马尾辫。

他抱得更紧了。

"给我一些空间，求你了！"

"不！"

绝望之余，我从口袋里掏出了手机。我们已经看完了每一集《老虎丹尼尔的邻居们》，以及每一集《水花与泡泡》，这是当时阿什唯一愿意看的两个节目。（他对娱乐节目非常挑剔。我是那种想让他多看电视的妈妈，但他拒绝了。平心而论，大多数动画节目都很糟糕。我们曾试着看过PBS版本的《好奇的乔治》，但我俩都不喜欢。我不明白为什么在一个受众为小孩子的节目中，经常会跳开主角乔治，而把重点放在一个戴黄帽子的人与一个在他的恐龙博物馆工作的老师低俗调情的副线故事上。这些编剧以为看这个节目的是什么人？他们以为阿什和我会关心这两个人会不会搞到一起吗?①)

"阿什,你想再看一集《老虎丹尼尔的邻居们》吗?"

"不!"他的一只手放开了我的腿,动作极快地把一半的卫生纸从卷筒上扯了下来。就在我伸手想阻止他的时候,他把剩下的纸卷扔了出去,纸卷在地板上展开,如同划过的彗星。

一些黑暗的东西正从我的内心深处涌出,就像大白鲨要冲出水面。我觉得自己到了某种临界点,尽管我知道我永远不会伤害自己的孩子,但想要这样做的欲望令我感到极度恐惧。

坎贝尔在书中描绘了英雄在旅程中必须第一次跨过门槛,进入真正崭新的、令人恐惧的领域的时刻。"他们面临的是黑暗、未知和危险,就像在父母的视线之外,便是婴儿的危险之地……"在这种情况下,我是那父母的视线,而婴儿所面临的危险感觉像来自——怎么说呢——屋子里的事物。这是一种可怕的感觉。然而我必须问:妈妈们,说真的,在我们抚养自己心爱的小天使的过程中,谁没有至少一次突然发现自己在想象,哪怕只有一瞬间,自己有能力做出难以想象的事情?我们对此往往避而不谈,只是带着这种秘密的罪恶感生活,像小怪物一样自责。但我相

---

① 我确实有点在意,想知道黄帽子男人是不是同性恋。

信,挺过这些时刻,迫使自己振作起来,是做母亲最英勇的行为之一。这件事是如此**艰难**。然而,我们甚至觉得自己没有办法谈论它。

无论如何,我不确定自己为什么以及怎么会想到这些。我只是知道我们已经陷入了困境,需要的不是娱乐,而是转移注意力。我试着回想当自己还是个孩子的时候,什么东西能真正转移我的注意力。

此时此刻,距离我上次看《绿野仙踪》已经有几十年的时间了。但不知道为什么,桃乐丝(Dorothy)在我最需要她的时候出现了。我一只手在手机上输入"彩虹之上"(Somewhere over the Rainbow)的歌名,另一只手被阿什拽着。我向"蹲马桶的妈妈之上帝"祈祷,希望这个视频前面没有那么多广告。随着我轻轻一点,如同我只轻轻磕了一下鞋跟[①],朱迪·加兰出现了。

你知道吗?当她一开始唱歌,阿什就被迷住了。他滑到地上,坐了下来。我把手机放在地板上,和阿什一起看着这首歌开始展开。那耳熟能详的旋律慢慢地把"某个地方"这个词舒展成一段旅程。

[①] 在《绿野仙踪》的结尾,主角桃乐丝闭上眼睛磕三下鞋跟就回到了家。——译者注

某个地方，在彩虹之上
在高高的云端

阿什一声不响地看着。过去和现在交会了，5岁的我和现在的我交织在一起，我被洗车房中出现的情感海啸击中了。我忍不住地想象，在1980年，当一个5岁的小女孩在父母的电视上看着《绿野仙踪》，怎么会知道有一天自己会变成一个衣衫不整、长期抑郁的42岁坐在马桶上的怪人。在这个画面中，我的脚边会坐着我那可爱的小男孩，穿着尿不湿和T恤，盯着一个要再过27年才会发明出来的设备。而我当时看得入迷的那个可爱的桃乐丝，后来才知道她其实是朱迪·加兰，一个死于毒品、伤心和抑郁的人。而我在召唤她，就像在召唤自己的好女巫格林达，请她带我离开这里。朱迪会出现，把这个极为平凡的场景——一个疲惫的母亲和她烦躁的小儿子——升华到具有某种魔力的境界。或者，她实际上只是在帮我们揭示它本来的面目：这是人类共同的许愿时刻，希望一切能有所不同。我们三个人，阿什、桃乐丝和我，在此时都显露出心怀渴望的美丽，我们梦想着以各自的方式去别的地方。

在电影的最后，桃乐丝当然醒来了。整个冒险只是一场梦。她的家人围在她身边，但当她试图将自己的梦讲给他们听的时候——我们刚花了两小时看得如痴如醉的故事,一个让几代人都着迷的有史以来最伟大的冒险旅程之一——他们中没有一个人感兴趣!他们微笑着哄她。说真的,再看一遍你会发现,他们甚至连听都不想听!这很令人惊讶,因为通常让你对别人的梦产生兴趣的唯一原因是他们告诉你说你也在梦里!而她的全家人都在她的梦里,但没有一个人在意!她想给他们讲细节,但他们甚至懒得敷衍她。"有些部分不是很愉快,"她说,"但大部分都很美。""好了,好了。"他们跟她说,那些在梦境中出现的男人在她身边笑着,嘲笑这个他们似乎假装关心的小女孩的荒唐。

我想桃乐丝一生都会记着奥兹国的梦,她的世界观和抱负会永远被这个生动的幻想所影响,但没有人能与她分享。这个梦对她来说是真实的,它也实实在在改变了她。但她周围的每个人都认为她只是在胡言乱语。她经历了一段史诗般的旅程,但后来人们告诉她其实并没有。她会把它写下来吗?还是说周围人对她经历的否认会令她怀疑其实根本没有人在乎这些事?

我已经不记得自己换过的成千上万片的尿不湿。我不知道未来自己会记得什么。但我知道的是,我会永远记得我们两个人在卫生间里看朱迪唱歌的时刻。我会记得自己渴望有另一个成年人和我一起见证这个时刻,我希望有另一个人能感受到这种感觉：重大、重要、深远。

　　为人父母很像做梦。有些部分并不是很愉快。但它的大部分，即使是丑陋的，也很美丽。

你丈夫会在你死后五分钟再婚

死亡这件事本身就已经够令人沮丧的了。我最不愿意想到的是,在我死后还有人伤害我的感情。事实上,感情不再受到伤害,似乎是我不再活下去的少数几个好处之一。但作为一个妻子,我必须正视的一个事实是,丈夫往往在妻子心跳停止大约五分钟后就会再结婚。我知道我是一株敏感的小兰花,但仍然忍不住感到某种预期的焦虑。如果有一天我真的发现自己到这种境地(死了),如果迈克真的这么快就再找一个,我灵魂深处某些处于深度休眠状态的嫉妒神经会自动激活,就像传说中鸡在头被砍掉后身体还能继续奔跑一样。

这并不是说我不希望他再婚——我是希望的。(但如果他不再婚,我也无所谓?我只是希望他幸福。或者说有个差不多就行?)让我不安的是这种配偶更替似乎发生得特别快。另外,我们这些死去的或垂死的妻子,在还活着的时候,该对这种司空见惯的新人换旧人表现出多大的热情?有一种浪漫化的观念,即我们不仅应该允许,甚至应该鼓励丈夫另寻新伴侣,甚至是在我们被诊断患上绝症之前(也许是在我们看起来会有所好转的时候?)。这是因为我们是天使,我们具有奉献精神,对我们来说最重要的是我们的丈夫能继续好好生活。然而,即使是我们当中最具天使特质的人,可能也希望如果那个时刻真的到来时,对话是这样的:

垂死的妻子:我快死了。

丈夫:你让我一个人怎么活!

垂死的妻子:我想告诉你,我走了以后,我希望你能再次找到爱情。

丈夫:别说了。我永远不会像爱你一样爱别人。你是我一生的挚爱,而我……(词不达意的啜泣)

……本幕结束。

不幸的是,我怀疑对话更多时候是这样的:

垂死的妻子:我……

丈夫:我遇到了一个人。

垂死的妻子:什么?

丈夫：医生，我想我们应该拔掉插头。我知道她不愿意这样活下去。

垂死的妻子：医生说我很可能会完全康复。

丈夫：她出现了幻觉，她一定很痛苦，拔掉插头吧，医生！没有时间争论了，五分钟后我就要去见我的女朋友。

医生：先生，她身上没有插东西。

小时候，爸爸告诉过我，这个世界上的爱是不够的，所以当有人找到真爱，我们都要为他感到高兴。经过几十年的人间观察，我想说我大体上**同意**这个说法。我这一辈子唯一的希望就是没有人会感到孤独。我不会去评判任何人在失去配偶后的选择（除非他们是杀死配偶的凶手，那就**另**当别论了）。而且我承认，我可能在这个问题上进行了自我投射，我会紧紧抓住每一种我拥有的情感，就像70年代夹在铅笔上的玩具考拉。我明白，大多数人都能忽略一些人和事的影响，继续生活下去，这是人类精神"不可战胜"（或许电影预告片中出现过这种说法）的一部分原因。

然而，也许我们也可以坦诚一点，如果你知道丈夫的未来幸福生活中没有你，这件事可能会是个不小的打击。我们是否可以允许自己花上几分钟，毫无愧疚地把一切情绪都发泄出来，然后再做回最好的（终有一死的）自己？**那么，开始吧。**

女人对男人如此迅速地开展新恋情感到难以接受的部分原因是，女人一般不会这样做。女人往往比她们的丈夫长寿，当丈夫去世时，女人往往不会立即再婚，而是开始享受自己的生活。有一种说法是男人是狗，女人是猫。只要有水和一袋它们可以推翻的猫粮，猫是可以单独待在家里的，完全没问题。然而即使有食物和水，有健身房会员卡，还有够吃30年的速冻食品，以及如何加入当地社交圈子的书面说明，如果你让狗单独在家，它们还是会在窝里拉屎，然后饿死。当丈夫去世后，女人会悲伤，会哀悼，但随后她们会继续前行，开始探索她们因照顾丈夫和孩子而耽搁了几十年的兴趣爱好。她们会记得很久以前，在结婚和生孩子之前，自己曾喜欢读有关水豚的书。于是她们起床后就去图书馆把那本书借来，给自己做一杯奶昔，然后坐在家里读书。她们会报绘画班或学习一门语言，甚至可能只是待在家里，然后旁若无人地吃一大堆煎饼。当我的爷爷去世后，我那活力四射的了不起的奶奶便加入了当地的老年中心，制作项链、画水彩棕榈树、参加社交活动。她在自己的房子里住到97岁，头发浓密，喜欢纽约大都会队和家庭购物频道。她用困惑的语气告诉我，有很多老头儿想做她的男朋友。她说："我对他们可没兴趣。"然后骄傲地给我展示她最近做好的一串珠链。

想到对于大部分单独活下来的妻子们来说，婚姻会成为一个令人厌烦的话题，我对于自己未来先死这件事感觉就更糟糕了。我的丈夫（我可是怀着爱意说这件事的……）会等多长时间就向另外一个女人求婚？如果他只用了和我就能不能在洗脸池边上放一个扎头绳的商议时间差不多的时长就跟另外一个女人定下终身，我会很难接受的。当然，他这么做可能并非出于爱情，而是迫切需要有人成为他的助理/情人/厨师，这么想或许会减轻一点我的痛苦。但我认为不会太多，尤其是考虑到有统计数据表明，在这种情况下，这个女人恐怕最多只有二十来岁。

我只是希望被人怀念。在一段时间里被日日夜夜深深地、深刻地思念，他希望我还活着，没有一天不想起我。而如果他正忙着和他 26 岁的第二任妻子做爱，他就不可能真正专注于想念一个人。但实际上这就是我认为年长的男人如此迫切地需要找到一个 26 岁继任妻子的原因——不仅是因为他们可以享受性爱，更是为了可以不用去想一些事。

如果他是独自一人，那么他就没有办法分心，他会感到后悔、爱意、悲伤。如此一来，这个在世界上曾经最爱我的那个人——那个知我甚深，多年以来看着我上厕所不关门的人——就可以什么都不做，只是好好地怀念我，让我在这份怀念中多一些活着的气息。当然，**我知道**，男人在约会或者婚后也可能这么做。只是我怀疑他们中的大多数人不会，或者不想这么做，因为我对男人的经验是，他们喜欢把事情分开，而当他在帮助23岁的女朋友弄短视频的时候，就会更容易把他刚死不久的妻子抛诸脑后。（我知道，1秒钟前我还说这个女人是26岁，但我确定我死的时间越长，她就越年轻。）

这种分割带来的伤害是最大的。被装进棺材然后再埋进土里绝对称不上是什么**梦幻场景**，而我残存的一点微弱的希望是有人会在人间继续记住我。然而，从一个男人成为鳏夫到把他的照片上传到交友软件之间的时间窗口往往是极其短暂的。我承认，我的大部分怨恨来自嫉妒。作为一个从未将生活中任何一个方面分割出来的人，我可以告诉你，不要学我。想象一下，每天24小时把所有与你有关的东西都揽在身上，包括刀叉、所有的情绪和USB线，而且放不下其中的任何一件。而男人的做法似乎恰恰相反，当他们产生某种感受的时候，他们会从所谓的"收纳商店"里找到一个为这种感受量身打造的密封塑料箱，他们把那种感受放进箱子里，说自己想带着它来一场浪漫的航行，他们把船划到大海中央，然后把箱子从船舷上推下去……晚些时候，他们会流着鳄鱼的眼泪告诉警察自己遇到了一场风暴，而他们对此无能为力。等一下，我们刚才说什么来着？哦，对了，箱子。

我意识到，上面我所描述的两种心理模式都不怎么样，最合理的生活方式可能介于男人的做法（把箱子推下船）

和我的做法（抱着所有的情绪陷入无限循环）之间。（我知道，我说得太宽泛了，**但我不是已经"时日无多"了嘛**。）

写到这里，也许你会问自己，他到底该等多久呢？多长时间算够呢？或者你没有问——也许只是我在问自己。啊，我不知道。一个月肯定太短了。一年是不是太久了？虽然也许刚好合适？我越是努力考虑怎样才能兼顾尊重他的需求和我的需求，就越是意识到自己是何等自私。我都要不在了，还有什么事放不下呢？我为什么还在执着？也许我应该停下来。也许，我应该放手。

但是，我未来的幽灵弄响了锁链并发出号叫，于是我坚持写完了这篇文章。

护身符

这已经成了一个事件,一个几乎与分娩本身一样重要的仪式。当你做了母亲,就必须拥有一件刻有你孩子姓名的缩写,或他们的全名,或者他们的出生日期或星座的首饰。如今市面上可以买到大约二百多万种刻有"MAMA"或"MOM"的手镯、项链、图章戒指和小金牌。我不知道这是什么时候开始兴起的。一直以来都是这样的吗?我不记得我小时候我妈有这样的东西,也不记得其他人的妈妈有。但是,当我生完孩子并开始参加婴儿体能课和儿童派对时,我注意到其他妈妈脖子和手腕上挂着叮当作响的金属片,上面刻着"奥利弗""马洛"或"宙斯"。这些东西是什么?我问自己。如果没有这东西,我是不是一个坏妈妈?如果不把他的名字叮叮当当地挂在我身上,是不是说明我不爱我的孩子?而且,不管这些问题的答案如何——最关键的是,我想要这玩意吗?

我想说，一部分的我确实想要。我喜欢珠宝，而且也准备好为了一个愚蠢的小饰品砸钱。但与此同时，我也感觉到对这一风潮某种深深的、本能的抵触。我无法确切地说明原因，但我的反应混合了怨恨、尴尬和焦虑。如果让我简要地说明我的复杂感受，那就是这些东西莫名地……具有触发性。

触发点一：我一直迷信护身符。一部分的我当然知道最好不要假装一个物体会给我带来神奇的力量。但是这个部分的我无法与另一部分的我抗衡。[1]如果某个护身手链说它可以保证我孩子的安全，那么我肯定会买（我也许不会支付次日达的邮费，但如果可以选择两天内送达，我是会掏钱的）。当然，我们很难否认会感觉到护身符产业综合体正在利用我们最深处的焦虑牟利。没有人喜欢被产业综合体所利用。

很久很久以前，我在《周六夜现场》工作，大约6个星期后，我发现自己的表现很差。每到周二晚上，也就是撰稿夜，我都会感到无比恶心。在整个周三的剧本朗读会（一个需要中场休息、长达4到5个小时的熬人会议）期间，我只盼望着自己能够从人间蒸发，这种极端的职业羞辱好

---

[1] 这也是拒绝接受现实的那部分的我，不愿相信液体含有热量，即使减肥节目明确指出4盎司（1盎司约为0.02835千克）的白葡萄酒含有每日所需热量的5%。

像把我的灵魂都抽走了,因为我写的每一段子会一句接一句如石头般掉到地上。从喜剧的角度来说,几个月来,我每周吃"屎"都吃得很饱,这种在所有同事(加上我的老板,你可能听说过他,洛恩·迈克尔斯,加拿大犹太裔)面前不断被"轰炸"的压力让我感觉自己快崩溃了。我害怕提交剧本,因为我知道它们会被毙掉。

由于我的任何创作都没有被节目采用,所以在排练的日子里——周四和周五——我坐在桌子后面百无聊赖,好几个小时里无事可做,只能焦虑地抱着身体,盯着电脑。直到有一天,我决定我也许需要搜索刻有能赋予神力的字词和咒语的首饰,这显然比绞尽脑汁构思更好的剧本创意更能挥霍我的时间。我找到了两件感兴趣的东西:一个高端店铺制作的矩形小吊坠,两面都印有"无畏"一词(正面是英文,背面是梵文);另一件价位低些,是 Etsy[①]上的一位工匠制作的"转轮指环",这是一种可戴在手上的指尖陀螺的简配前身,上面刻有激励性的短语。当我看到一个刻有"它也会通过的"[②]的指环时,内心的喜悦可想而知。我想象着自己周二在桌边一边读着自己写的稿子,一边旋转指环,等着自己的稿子也能"通过"。我完全相信,如果

---

① 一家以手工艺品为主的电商。——译者注
② THIS TOO SHALL PASS,在英语里这是一个双关的表达,既可以说这件事会过去的,也可以说这件事会通过。——译者注

我一边旋转那小小的魔戒,一边静静地冥想,那么我的稿子被朗读的恐惧三分钟就会好过得多。

我在"无畏"和"它也会通过的"之间摇摆不定。我认为这两件神奇的饰物缺了任何一个我都无法工作,于是就两个都买了。你可能在想,我现在是否意识到这一切听起来有多么自我放纵,答案是肯定的。如果你希望我在某种程度上因为如此轻率地花钱而遭到报应,不用担心,戒指和项链都不灵验,是我活该。当打开装着转轮指环的盒子后,我发现它和网站上的样子不太一样。它比我想象中的要大得多,而且做工粗糙。不过,我认为形式并不重要,重要的是功能,那就是以神奇的方式让我感觉更好。所以,尽管戴上这枚指环就像长了一根蒸汽朋克风格的机器人手指,我仍然决定戴上它。周三早上,我戴着指环走进会议室,屋里大多是男性喜剧作家,我立刻觉得自己像是某个戴着巨大羽毛耳环的科切拉[①]嬉皮士。当轮到我的剧本被朗读时,它(不可避免地)又一次被毙掉了,我摆弄着指环,意识到现在的我作为一个作家不仅始终在失败,而且还像个精神病人一样不断拨弄手上的饰品。那天晚上,我把它摘了下来,再也没有戴过。

与此同时,"无畏"项链也到了。它真的相当漂亮,很

---

① 每年在美国加州举办的音乐节。——译者注

精致，但又不至于精致到让你看不清上面的"无畏"。我很开心，因为我想让每个人都看到我的"无畏"。几个星期里，我每天都戴着那条项链，直到有一天碰到另一个我认识的女人，她也戴着一模一样的项链。她是那种狂躁、可怕的人，而那条项链似乎在放大而非削弱这股能量。又过了几个星期，我看到另外一个认识的女人也戴上了"无畏"项链。她是个永远焦虑不安的人，不断散发出如一只被拴在店门外狂吠不止的小约克夏犬的能量。我意识到，这条项链与其说是护身符，不如说是一块明显的警示牌。就像在办公室里，那些身边墙上贴着显眼的写着"保持冷静，继续前行"海报的人几乎总是最大声冲着手机嚷嚷的人。

触发点二：我一直对群体持怀疑态度，主要是因为在成长过程中，我有机会进入的群体太少。唯一让我觉得比群体更糟糕的是群体成员以被动或主动的方式攻击他人，以彰显他们是一伙的。譬如说：两个刻薄的女孩手拉手[①]，或者人们在体育比赛中高呼"美国"。我一直觉得自己是个局外人，所以很难摆脱局外人的视角。我一直带着一种幸存者的负罪感，担心展示群体身份可能会无意中让别人感

[①] 我有我爱的女性朋友，我愿意跟她们结婚，但我从未跟她们牵过手。我喜欢看柏拉图式的异性恋男人手牵手，同性恋女人手牵手，同性恋男人手牵手，孩子手牵手，水獭手牵手，但高中女生柏拉图式的手牵手对我来说是永远的禁忌。

到被排挤。作为一个与不孕不育斗争过的人，我仍然清楚地记得无论走到哪里都会看到尿不湿广告、婴儿车和孕妇肚子的那种沉重的感觉。考虑到这些经历，一想到要挂上一个昭告母亲身份的迷你广告牌，我就会感到一阵刺痛。

早在想要生孩子之前，30岁左右的时候，我突然注意到，我收到的节日贺卡全都变成了那些已经为人父母的朋友们的家庭合照。从感恩节后那周开始，贺卡就陆续到来，光滑的明信片上是一家三口的照片，而且莫名其妙地总是带着一只狗。那些以前我不知道有狗的人突然有了狗。他们坐在郊区房子的门廊上，孩子在中间，然后是狗（他们养这只狗多久了？），照片上用龙飞凤舞的假日字体写着"节日快乐，来自约翰、杰西卡、撒切尔和皮布斯先生"。皮布斯先生戴着一顶圣诞老人的帽子。几年后，卡片上又多了一个孩子，这次写着"节日快乐，来自约翰、杰西卡、撒切尔、艾娃和口袋先生"。（显然，皮布斯先生去世了。）

需要说明的是，我爱所有寄来这些卡片的人，也爱他们的孩子。但坦白地说，我羡慕他们有时间养宠物。**我知道**亲爱的朋友们寄来这些卡片的目的，并不是为了让我在打开邮箱时因自己的生活有所缺失而感到难过。然而，当我这个单身、没有孩子、没有微波炉的人开始在平底锅里加热一个冷冻卷饼，然后一个人边吃边看安德森·库珀①的节目时，我确实有点难过。

如何处理这些照片信笺又是一个令人困扰的问题。普通的贺卡可以马上扔进垃圾桶，但把婴儿的照片扔进垃圾桶，往好了说是不尊重人，往坏了说像是在施咒。然而，其他的替代方案，比如把它们贴在冰箱上，按理说似乎更不合适。还能有什么比在家里展示别人孩子的照片更让人觉得诡异的呢？说实话，我唯一能想到的是把我朋友孩子的照片都藏在抽屉里，实在是没什么好办法了。为什么我们要一直做这样的事？为什么我的朋友要我把他们孩子的照片扔进垃圾桶？如今我有了自己的孩子，但我可以确定我仍然没有把一年一度的全家福打印出来发给其他人的冲动。（我确实想养一只狗，把它打扮得漂漂亮亮的，但我会在任何一天里这么做，而不仅仅是在节假日里。）如今我尽管只有一个孩子，但经常忙得不可开交。如果想拍摄这类照片，我都不知道该怎么找时间。而且即使我找到了时间，也只会让大家收获一张我留着唇须的照片，因为我根本没有时间去买贺卡和清理唇须②。

---

① 美国著名新闻节目主持人。——译者注
② 清理唇须总是我待办事项清单上的最后一项。只有把我一生中可能要做的其他事情都做完，我才能放纵自己去把脸上的胡须扯下来。我想我可以用激光永久脱毛，但我担心如果它们再也长不出来，我可能会失去做其他事情的紧迫感。

尽管如此，我发现自己还是掉进了个性化母婴珠宝的兔子洞里。在深夜里，在银行排队时，在杂货店等待付款时，坐在卧室里时，我面前的无数种选择让我目眩神迷。我在这件事上花了一个又一个小时，而这些时间本可以用来写作、锻炼或者清理唇须。我在找一件东西，一件完美的可以刻上我孩子名字的饰物。但是说真的，我为什么要这么做？对我来说，它真的会成为约瑟夫·坎贝尔笔下具有魔力的护身符那样的东西吗？

或者说，还有其他的理由？

我想，确实有其他的理由。

这个理由就是，我用来寻找饰物的时间，其实是可以用来陪伴孩子玩耍的。

然而，此时此刻，我的儿子才两岁多一点，我们正在为吃饭、睡觉以及如何做一个人而进行着动物般的角力。他想变得更像一只浣熊，而我想让他更像一个人。在试图劝说和乞求他这样做的过程中，我自己也变成了一只浣熊，一只睡不够、吃不饱、总是脾气很大的大号母浣熊。因此，事情的真相是，为了让他变得更像我，我变成了他。

能找到一些让我看起来像个充满爱心并且与孩子紧密联系的母亲的东西，这多么令人满足！但实际上这种寻找本身就是一个躲在房间里上网找礼物的借口。让我实话实说吧，这个礼物也是给我自己的。我突然明白，对于所有那些戴着刻有孩子名字饰品的母亲来说，那不仅仅是一个部落标志或者护身符，而是一个切实的小奖杯，献给熬过这段时间的自己。这是一个小小的奖励，因为在大部分时间里你都如同鬼魂一般四处徘徊。当然，你的孩子第一次说"我爱你"，或者给你一个拥抱，或者你看着他们迈出第一步，或者尿不湿广告中出现的那些煽情片段，这些也都是一种奖励。但正如我聪慧的朋友凯莉曾经对我说的那样："有时候你需要的只是收快递。"

最后我买了一块精致的六边形金牌，上面用黑色珐琅刻着阿什的姓名，全大写字体，定制于本地的一家珠宝商。自从两年前买下来，我一直很喜欢它，并且经常佩戴。今年，儿子4岁了，我也44岁了。在我生日的几周前，我散步到自己最喜欢的一家社区商店。我瞥了一眼珠宝柜台，看到里面有一个可爱的姓名定制手链，从12岁开始我就想要这样的东西。我上初中时，所有的酷女孩（那些手拉手的女孩）都有这样的手链。这条手链很精致，价格也挺便宜，经过一个周末的考虑，我决定买下它，其中部分正当理由是我们可以多一件刻着阿什名字的饰品——这件饰品可以刻上他的出生日期，又或者我们母子俩姓名首字母的组合：A和J。

但后来我生出了一个绝对大胆的想法：如果这上面只刻我自己的名字呢？杰西。就是这样。就只有我的名字。

没有我的孩子或家人,或者孩子出生地的经纬度。乍一听,这真的很疯狂、放纵、自私。但我又转念一想,只不过是在我的定制手链上刻下我的名字,怎么感觉却像是在犯罪,就好像我要把阿什一个人留在客厅看动画片,自己却跑到车里吸毒一样。

我买下这条手链,用花体刻上我的名字,一个大写的"J"和小写的"essi"。能刻字的地方很小,只有几厘米,所以每个字母都很小。我的整个名字大约只有一只黑蚂蚁那么大。虽然很难看清,但我知道它就在那里,而且比我预想的更能给我安慰。我平时想不起它,直到某个时刻出现,比如前几天下午,阿什的一个朋友来家里玩。他叫泰迪,一个我很喜欢的小男孩,多年来一直是阿什最好的朋友之一,经常来我家。他想喝果汁了,于是一边在屋子里转来转去,一边大喊着找我:"阿什的妈妈!阿什的妈妈!可以给我一盒果汁吗,阿什的妈妈?"

泰迪相信这就是我的名字。他脑子里唯一的问题是阿什的妈妈是否会给他一盒果汁。当时我正待在卧室,就像每次长聚的后半段我总会做的那样。我正努力地想写些东西,但我不知道写些什么,也不知道怎么写,不过泰迪现在需要我的帮助。我站起身,走到食品储藏间,成为"阿什的妈妈"。我必须承认,我能看到泰迪眼中流露出对"阿什的妈妈"的惊讶:这个女人居然可以打开储藏间,拿到高架上的果汁，然后用尖锐的塑料吸管戳破铝箔孔，并且表现得云淡风轻。他说了声"谢谢"（泰迪总是很有礼貌，上帝保佑这孩子），而我则回到自己的房间，再次成为杰西，那个44岁的女人，想知道自己身上是否还有故事值得一讲。

面包和奶酪

阿什五岁半了，除了面包和奶酪，他什么都不吃。

这令人抓狂。非常抓狂。（话虽如此，老实说，我45岁，我也只想吃面包和奶酪，而且很多天我确实这么做了，因为现在我负责照顾自己，这意味着我经常不照顾自己。）可那又怎样。对于一个正在成长的孩子来说，这似乎不是好的饮食习惯，或者对于任何人来说都不是。

话说回来，也许说"除了面包和奶酪什么都不吃"有些夸张了。他也吃点别的。下面是他到目前为止所吃食物的完整清单：

- 面包
- 米饭
- 意大利面（原味或奶酪通心粉，基本上就是原味意大利面，但加了奶酪。）

- 藜麦
- 奶酪（法国小贝勒奶酪、奶酪条、Tillamook牌的淡味切达奶酪。）
- 比萨（不过，最好是原味的，最好是纽约式的。如果上面有哪怕是铅笔尖大小的罗勒碎，他就会抱怨。我们把比萨算作一种独立于面包和奶酪之外的食物，因为比萨里还有番茄酱。不过，番茄酱不会出现在清单上，因为它只在比萨里出现，从来不会出现在意大利面里。）
- 炒鸡蛋
- 杰尔森超市的鸡肉面条汤
- 花生酱和果酱三明治
- 香蕉
- 格拉汉姆饼干
- 金鱼[①]
- 苹果
- 苹果酱
- 薯片
- 蛋糕
- 曲奇
- 鸡柳条（有时吃一点。）

---

① 可能不应该出现在名单上，显然金鱼不是一种食物。

• 麦片

就是这些。这就是他愿意吃的所有食物。看着这个清单，我意识到可能看起来挺多。但你需要立刻明白一点——这些就是全部了。每一天，为了让自己不疯掉，我都必须假装喂给他的苹果酱和苹果在某种程度上具有不同的营养成分，即使实际情况完全不是这样。但如果不这样的话，我会因为沮丧把车开进太平洋。

在所有会引爆我的儿童行为中——抱怨、拖延、闹脾气——阿什不吃饭最容易让我发火。这感觉像是终极背叛：我在自己的身体里孕育了你，我生了你，我给了你生命，你现在怎么敢拒绝这项最基本的生存活动？如果不吃饭，你会死。就算不说这个，如果你坚持不吃饭，我可能会动手掐死你。你这么做是不会有任何好处的。

我并不是说自己不能理解这种行为。我小时候也极其挑食——不吃蔬菜、不吃没吃过的酱料、不吃有奇怪质地的东西。当我在四年级左右终于交到朋友的时候，我才开始改变。我会为吃不下他们的食物而感到羞愧，于是逐渐拓展了我的食谱。不过，我从来没有忘记过成为一个怪异的、格格不入的人会感到多么不舒服。直到今天，当我吃寿司的时候，仍然会觉得自己是一个非常成熟的、世界性的全球公民——差不多感觉自己变成了凯特·布兰切特。

这并不是说我已经完全摆脱了那种不合理的挑剔。我仍然不接受某些白色食物，包括任何一种凝乳制品：酸奶油、奶油奶酪、酸奶、软干酪。然后，请一定、一定，不要拿着蛋黄酱接近我。但大多数情况下，我已经克服了挑食。然而，我有一个朋友却不是这样——他在43岁的时候仍然继续吃着5岁时的儿童菜单，至今仍以比萨、热狗和少许其他东西为生。这显然是一种真的疾病，叫作成人挑食综合征。这个病症除了可能会影响他的身体健康外，还会给他带来许多精神上的痛苦。

我不希望阿什患上成人挑食综合征。

一开始，我们遵循所有的指示，在阿什大约5个月时给他吃一点捣碎的辅食。为了显得郑重其事，我们准备了婴儿食品料理机，在家里把南瓜和豌豆打成泥。阿什会对着这些糊状物戳几下，看起来就像其他正常的宝宝那样，换句话说，每顿饭的大部分的最终归宿是墙和地板。每一批怀揣爱心制作的糊糊，可能只有一小点最终进入了他的身体。不过，鉴于他吃的所有东西看起来都很像呕吐物，这种表现似乎是正常的，他能表现出一点兴趣已经很不错了。

等到阿什大了一些，我们开始购买"挤挤袋"。我不认为我小时候存在这种东西。这让我怀疑，既然它对现在的孩子们来说必不可少，那么我们那个年代的人是怎么活到成年的？你可能不了解这些小袋子①，它们基本上是小小的挤压式塑料袋，里面装满了果泥和蔬菜泥（令人不寒而栗的是，甚至还有"火鸡"？那么，为什么它们没有被放在超市的冷冻食品区？想到这里，我不禁打了个冷战）。它们有个小塑料盖，你只须拧开盖子，把里面的东西像挤牙膏一样挤到孩子的嘴里，同时祈祷每天给他们吃12袋这样的东西当作食物。这就行了吗？挤挤袋的品牌有很多，各品牌不同的口味都有颜色编码。一开始，阿什最喜欢的口味是香蕉——如你所见，至今仍在清单上——香蕉挤挤袋有两种颜色，一种是纯黄色的，只含有香蕉，还有一种紫色的，含有香蕉和菠菜。有一段时间，两种口味他都吃。但有一次我们在公园里，到了吃零食的时间，我伸手去拿紫色的小袋，阿什说："不，要黄的。"之后的几个星期，我仍然可以把紫色袋子里的东西挤进他的嘴里，特别是当他被绑在婴儿车上的时候。但很快他看见紫袋子就会把头扭到一边。这意味着我们本来就堪忧的让他吃下任何一种蔬菜或类似蔬菜的食物的方法——半袋商店买来的糊糊——已经宣告失败。不过，我告诉自己，至少他还在吃……袋装水果？

---

① 当我发现这些袋装食物时，我曾一度想到，一个对减掉10磅感兴趣的成年人，如果他们只吃一个月的挤挤袋，算不算是以一种不算不健康的方式做到这一点呢？我想知道其他人是不是也这么想，便去搜搜看，结果一篇题为"成年人：不要再吃袋装食物了"的文章立刻跳了出来。

后来，到了阿什上学前班的时候。在为重要的第一天做准备时，在所有必须购买的物品中，便当盒是最让我感到焦虑的。我几乎可以肯定，在我小时候，便当盒只分为两部分，一部分装固体食物，一部分装热饮。但是今天，有几十个版本的便当盒，有50个不同的隔间，用来装什么？不同类型的食物吗？我们家只有3种：面包、奶酪和水。他们认为这里面要放什么？

然而，在开学的第一周，当我去接孩子时（快吃完午餐的时候），我注意到所有的孩子都有这样的便当盒，而他们的父母真的在**所有的隔间里都装满了不同的健康食品**。其中一半的孩子——**两岁的孩子**——在生吃**西蓝花**。阿什右边的一个男孩正在吃一片该死的海苔。还有一个孩子竟若无其事地把一个樱桃西红柿直接塞进嘴里。与此同时，阿什刚吃完他的花生果酱三明治中的一片面包，他的便当盒中唯一的其他食物是一袋薯片。我抄起他的便当盒，放进他的"好奇的乔治"背包里，牵着阿什的手逃走了。

在接下来的几个月里，这种情况持续上演。其他孩子的口味越来越广，阿什却仍然沉浸在面包和奶酪的世界里。有天晚上，我们邀请阿什的一个小朋友和她的家人来玩一个下午。周日晚上太累了，不想做饭，于是我建议点外卖："我们吃寿司，孩子们吃比萨，怎么样？"那个女孩的爸爸说："嗯，其实她也愿意吃寿司。"我说："噢。"一小时后，当我看着这个3岁的小女孩开心地吃着黄狮鱼葱卷时，我不得不跑进洗手间，锁上门，做了5个深呼吸。

我在互联网上搜索适合幼儿的食谱。社交网络上有成千上万个妈妈创建的热门账号，她们分享每天的午餐食谱，把面包和奶酪做成有趣而别致的形状，并偷偷将实际的营养成分混入孩子的饭菜中。这些账号里充斥着星星状的猕猴桃、恐龙形状的三明治和火箭形状的西葫芦煎饼。所有这些账号的内容都让我想躺进一个没放水的浴缸，然后蜷缩成一个胎儿。我的厨艺糟糕，只是做一些健康的和勉强能吃的东西就已经勉为其难。想要让我做到能够拍照上传的水平，实在是强人所难。

在浏览了几十个菜谱之后，我决定给阿什做芦笋烩饭。我不记得这个菜谱来自哪里，选择它只是因为它看起来很容易做，而且不需要做成特定的形状。它的成品是糊状的。它结合了阿什喜欢的味道（谷物和奶酪），而另一个关键成分（芦笋）基本上使它变成一种超级食品，并让我变成一个圣人。我把食谱打印了出来。其实这顿饭大概只有4个步骤，但对我来说这就已经很了不起了。我把已经变得皱巴巴的食谱放在一个木制书架上，好像我是朱莉娅·柴尔德[①]一

[①] 一位美国女大厨。——译者注

样。我做的第一件事是把芦笋切成分子大小的碎片,小到你需要用大型强子对撞机才能在烩饭里找到这些绿色的碎屑。

保姆露西在客厅与阿什玩耍时,我在一旁又搅又炖。我给自己倒了一小杯酒,做饭的时候不是应该喝上一小杯酒吗?黄昏将至,金色的阳光洒进厨房,我感觉自己开始变成一个新的人物:我是健康的养育者,一个《赤脚女伯爵》[①]里的角色,一个统治着温暖炉火的大地女王。

在对这个4步食谱的每个细节进行了长达30分钟的痛苦关注后,我尝了一口自己的作品。它尝起来像奶酪米饭。我想这意味着它已经成为足够成功的烩饭,里面没有一丝芦笋的味道。我想这意味着这是一道成功的儿童主菜?

终于,烹饪完毕,准备上菜,我准备迎接我的米其林星评。露西把阿什放在他的加高餐椅上,我充满爱意地把饭菜盛出来,放在阿什最喜欢的塑料盘子里(上面印着埃菲尔铁塔)。我把盘子放到阿什的桌板上,同时还有他最喜欢的塑料勺子(上面有一只熊)。这套动作行云流水,乖乖!什么高档餐厅,都闪到一边去。因为我——就是——顶级——大厨!

阿什低头看了一眼烩饭,说他不想吃。

"可好吃了!"我说,像个饥渴的小荡妇。

[①] 美国烹饪电视节目。——译者注

"不想吃。"

"尝一口。"

"不。"

"来吧,就一口。"

"不。"

他的反应让我有点不解,因为这顿饭有他最喜欢的食物颜色:白色和棕褐色。但没关系。慢慢来。我不生气我不生气我不生气。尽管——我真的在生气吗?我喝光了杯子里的葡萄酒,又开了一瓶啤酒。我用勺子舀了一小点儿那令人难以抗拒的精美烩饭。在20世纪80年代,高端猫粮品牌"珍喜"做了一系列广告,一个管家(哈)用叉子在特写镜头里展示湿猫粮,背景里有某种水晶酒瓶,让每个人都相信这是世界上最美味的玩意儿。

现在的情况有点儿类似。

但阿什还是不愿意张嘴。

我轻轻把勺子贴到他的嘴唇上。

他把头扭向一边。

现在,我生气了。

我生气了,可他却饿了。我们陷入了那种熟悉的循环:不论我们之间的对抗如何激烈,为了让他尝试新的东西,我绝不能给他其他选择。然而,一个挑食的哪怕只是有一点儿饿的孩子会成为让人崩溃的噩梦。他们的行为会立即变得糟糕起来，而你唯一能够制止他们的方法就是给他们吃东西。但是他们对新食物的恐惧超过了对食物的需求。你不能屈服，不能让他们获胜，否则整个权力结构就会崩溃，然后就是无政府状态。你必须用自己的意志力压倒他们的意志力。但这种感觉很怪异，因为在有孩子前，我缺乏给别人施压的经验。试图**消灭另一个人的愿望**是令人不悦的。但显然，小孩子们对此无所谓，因为他们知道，让他们停止尖叫的需求会超过让他们吃健康食物的需求，所以他们从不妥协。于是你又回到了给他们吃垃圾食品的循环中，而我的"赤脚女伯爵"梦破灭了。

我冲着阿什大喊大叫，命令他吃烩饭。他大叫着说他不吃。我看了看露西，她已经外交式甚至英雄般地去了另一个房间。我对她说我要出去走走，然后冲出了门。

在这场饮食对决发生的那段时间，我们住在一条漂亮的、蜿蜒的街道上，这是一个美丽的春日，阳光恰到好处。这是洛杉矶那种罕见的下午，你可以穿任何你想穿的衣服——脱掉一件衣服感觉清爽，加上一件外套感觉暖和。在这美好的景致里，我怒气冲冲地走在大街上。我刚才对自己的孩子大吼大叫了。我这么做是糟糕的。他拒绝吃东西，他这么做也是糟糕的。我们都很糟糕。一切都很糟糕。

当我扭身转过一个弯的时候，看到大约80英尺外有一个女人牵着狗朝我的方向走来。即使离得这么远,她也吸引了我的注意。她穿着黑色的紧身裤和木屐,白色背心外面套了一件敞开的格子法兰绒衬衫,还有一头金色的长发。她走得轻松悠哉,她的狗在前面带路,边走边四处嗅来嗅去。她走路的样子,她那被紧身裤包裹的双腿,以及阳光下随意凌乱闪着金光的头发,这一切都让她显得那么美。我讨厌她。我讨厌她可以悠闲地带着狗出来散步,我讨厌她没有超重30磅,我讨厌她刚才没有因为小孩不吃她做的平庸饭菜而对他大吼大叫——我讨厌她的一切……直到我走近她,才发现她其实是我认识并且喜欢的一个人。她叫汉娜,是我一个老朋友的女友,我每年都会和她碰面几次,她总是那么可爱——有趣、聪明、热情、友好。一个货真价实的宝藏女孩。

当我还在判断是否能打招呼时,汉娜认出了我并走了过来。"嗨!"她说,给了我一个大大的笑容。"你好吗?"我微笑着,试图表现得轻松和幽默,不去谈论刚刚发生的事情,但在谈话开始的20秒后,我发现自己喋喋不休地说着"烩饭"这个词,试图幽默地谈论我那个不吃饭的孩子,但实际上我内心深处是焦躁不安的。聪慧的汉娜也笑了起来。但我觉得她看穿了我,尽管她的甜美态度完全没有表露出这一点。更重要的是,当我描述这个问题时,我看穿了自己,我看到的是一个不能轻易接受孩子拒绝的人。所有这些都让我感到沉重。我永远找不到那些电影和电视节目所教的要接受的那种情景喜剧母亲的无奈,那种只是为了笑料而存在的短暂的恼怒,出现得快,消失得也快。我没在电视上看到过一个"好妈妈"真的对小孩子大发脾气。我们看过很多妈妈对叛逆的青少年发火,并对此很满意,谁不想看到一个叛逆的青少年被教训呢?但当涉及母亲对小孩子失去耐心的表现时——比如,以一种令人反感的方式彻底失去耐心,或者在大吼大叫后怒气冲冲地离开房间——你会发现这种场景在屏幕上似乎不太受欢迎。然而,我认识的妈妈至少都做过一次这样的事。

几分钟后我们互道再见,我看着她离开,木头鞋底咔嗒作响,她那高挑、年轻、没有生过孩子的身体轻轻摇摆着。(那时候我还穿着有松紧腰带的 Splendid 弹力棉裙。)她似乎并没有因为她的狗不吃东西,或者闻草,或者做任何事情而对它大吼大叫。事实上,她和她的狗相处得很好。我非常想成为她。她,或者那条狗。哪一个都可以。

回到家里,迈克已经在准备给阿什洗澡了。阿什最后得到了一个香蕉挤挤袋作为晚餐。我走到橱柜前,拿起一袋刚打开的蓝色薯片。我心不在焉地吃着,既不饿也不饱,只是一口气往下吃,一直吃到袋子见底,薯片越来越小,最后我不得不用勺子继续吃。等薯片吃完了,我一口一口吃掉了还在炉子上的剩烩饭。

换手

在儿子出生前，迈克坚持认为我们需要一个夜间保姆。但我对此并不确定。我想起自己的父母，他们在基本上没人帮忙的情况下带大了三个孩子。雇人照顾自己生的孩子，这个想法触动了我内心深处的阶级观念，一个小声音不断在我心里尖叫：**你以为你是谁，英国女王吗？？** 我对这种特权有罪恶感，对不亲自照顾孩子也有罪恶感。我们应该在孩子出生之前就计划把他交给别人照顾吗？迈克认为是的。他列举了"保持清醒"和"正常运作"的必要性作为雇人的理由。当然，处理这个问题的唯一方法就是进行为期几周的争论。我无法摆脱"如果我不能完全自己照顾孩子，我就是个坏母亲"的想法。如果你还不清楚，继续往下读，让我告诉你，我所有的想法都非常愚蠢！

我那个非常聪明、非常明智的妇产科医生最终在一次检查中解决了这个问题。当我问她对雇用夜间保姆的看法时，她毫不含糊。"如果你负担得起，你必须这样做。"她说。她的解释是，人类已经不再按照我们自然的方式来养育孩子了。"我们过去是生活在一个村庄里。我们本来就不应该在没有家庭围绕的情况下养育婴儿。我们应该在15岁时生孩子，并被仍然非常年轻的父母、祖父母、曾祖父母和表亲围绕，他们会不断帮助我们。"反思之后，我不得不承认她说的有道理。那听起来确实更好。我真的已经很老了，这意味着我的父母比我更老。他们住在曼哈顿附近，虽然可以依靠他们提供很多爱和道德支持，但我们肯定不能要求他们留下来半夜换尿不湿。除了他们，我们在附近没有其他家庭帮助。虽然这很常见，但正如我的医生解释的那样，这绝对不是"正常的"。

迈克和我为这个问题继续争论了几个星期，最终，我让步了。我想真正打动我的事实是，我们两个对婴儿一无所知。我们不知道如何照顾他们、喂养他们、包裹他们，以及他们的喜好/厌恶。也许获得一些帮助是明智的。

英雄之旅的第三阶段是遇到"超自然的援助"。比如，一个神秘的导师、助手或向导，帮助你从旧生活进入新生活。或者，一个欧比旺（《星球大战》中的绝地武士）或甘道夫（《魔戒》中的巫师）。（我承认这些都是非常书呆子的比喻。而且说实话，我其实并没有看过这些电影。因为我个人更喜欢那些剧情片，例如，一个人迷上了另一个人，一个小镇居民与苛刻的父母相处得很艰难,一个高中生必须通过跳舞完成成年礼!只要屏幕上出现一个巨魔或小精灵,或者一个留着银发的年轻美女,我一般就会去卫生间,并且不再回来。)初为人母时,我不需要一个巫师、魔法人物或什么精灵女王,我只是迫切需要那些知道自己在做什么的女性的帮助,因为我完全不知道自己在做什么。

对我来说,夜间保姆就是这样的女性。我产后激素分泌旺盛,情绪丰富,与这些女性相处的经历给我留下了深深的印象。对我来说,初为人母时的很多记忆都变得模糊了。我不记得我儿子迈出的第一步,也不记得他第一个儿科医生的名字,甚至不确切记得他说的第一句话。但我清晰地记得自己在太阳落山后与这些女人共处的那些时刻。她们是我的指路明灯。我永远不会忘记她们在我最脆弱的时候对我表现出的善良和耐心。

夜间保姆的工作是一种矛盾。它是非常亲密的工作——被信任去照顾一个脆弱的、全新的人类——然而,她们在任何一个家庭工作的时间通常只有几周,甚至几天,然后她们就离开了,你很可能再也见不到她们。一个完全陌生的人在晚上走进你的家,照顾你在这个世界上最珍贵的东西。在纽约标准的小型公寓里,这个新来的人可能就在一堵墙的另一边照顾你的宝宝,而你在你的床上拼命尝试休息和从分娩中恢复(也可能是在手机上浏览每一个社交媒体平台的内容,试图想象自己仍然是其中的一部分,即使你根本不是)。

在你需要一个夜间保姆之前,你可能永远不会知道有一个庞大的女性军团在夜间工作,通常是晚上7点到早上7点,帮助母亲们应对照顾新生儿所需的全天候安排。我对她们的生活充满了无尽的好奇:不断进入新的小世界,走进疲惫和紧张的人的家里,看到人们奇怪的装饰,应对让所有人都发疯的祖父母,以及从总体上见证一个家庭因新生命的到来而被颠覆的混乱。

我们的第一个夜间保姆是丽莎,她是一个朋友强烈推荐给我们的。在阿什出生一个月前,我们和她见了面。她有一头艳如霓虹的短发,自信、风趣,极具亲和力。我立刻觉得,如果把我的整个人生交到丽莎的手里,我会更成功也更有乐趣。于是,我们决定雇她工作一个月。

阿什的出生比较顺利。我在早上开始分娩,当天晚上把他生出来——整个过程相对而言没有什么特别的,这是你能希望用来描述分娩的最好的形容之一。我一直对那些我听说的持续几天的分娩感到恐惧。不过,我从来没有经历过这种状况,连想自毁都没有力气。在医院住的两个晚上,我没有合过一次眼,一次也没有。这不完全是因为失眠。在医院里入睡总是很困难,到处都是各种哔哔声,而且毯子薄得像纸巾。不过,我在状态最好的时候也会有严重失眠的问题，显然这件事不会因为花上一整天从我的身体里挤出一个人而带来丝毫改变。

这意味着，在应该回家的那天早上，我已经连续48个小时没睡觉了。我记得我的视线开始变得模糊，就像在看中午的沙漠。我的脑袋不转了，感觉自己一直在下坠。当我们准备离开医院时，迈克准备发短信给丽莎（她一直在待命），告诉她宝宝已经出生并即将回家，问她能不能晚上7点左右到我们家。因为我的大脑已经变成了融化的软冰激凌，我在迈克按下"发送"前阻止了他："我们是不是应该让她明天开始？我们今晚在家里和宝宝度过一个家庭之夜。"迈克一直表现得很好，他承受了我所有的疯狂言论，但也最终不得不说一些类似的话——不完全是这样，但差不多——"闭嘴，你这个疯子。"①

从医院到我们在布鲁克林的公寓，这个过程花了很长时间。你必须等待保安三重检查，确保你的宝宝确实是你

---

① 值得一提的是，虽然第二天晚上他也没有睡太多觉，但在我们住院的第一天晚上，"婴儿潮"就开始了，而且医院的行军床不够了，这意味着他得在椅子上睡一晚。我俩都认为，他最好在附近酒店订个房间，一大早再回到医院，这样我们至少有一个人可以睡觉。事实证明，附近唯一一家在如此短的时间内就能订到房间的酒店是马克酒店，这是一家老式的上东区四星级酒店，是参议员们喜欢住的地方。所以，是的，我生了孩子，躺在病床上盖着一条薄毯子，全程目击我分娩的迈克（是的，他确实握着我的手，但他的表现就别提了）睡在一张挂着帐幔的公主床上。必须说明的是，我知道他对此感到很抱歉，但我绝对鼓励他睡在酒店，但这事仍然值得成为一个注脚。

的宝宝,并签署一堆文件,在法律上证明这**真的**是你的宝宝,然后你要等到有人可以用轮椅把你推出来。这一切大约花了一个小时。然后我们第一次**非常紧张**地把阿什扣在汽车座椅上,考虑到他只有一天半大,重7磅,这就像把一朵郁金香绑在航天飞机上一样让人焦虑。时间一分一秒地过去。然后我们不得不沿着FDR大道开车回家,这段城市高速公路因糟糕的驾驶环境而臭名昭著,而此刻更令人感觉它就像一条纳斯卡赛道。迈克开车,我坐在后座,握着阿什那小得难以置信的手。整个过程中,他用婴儿那令人震惊的力量紧紧握住我的手指,并且到目前为止,显然是车里最平静的那个人。偶尔,我会突然想到他会不会饿了或者渴了,但在车里,我没有安全的方法喂他。从医院大门到家门口,大概又花了我们90分钟的时间。

  帮助我分娩的助产士卡拉在公寓门前迎接我们,以确保我们一切顺利,然后说出最后的再见。她是一个可爱的帕克斯洛普[①]类型的嬉皮士(有不是这种类型的助产士吗?),对待产孕妇很体贴。尽管如此,当我告诉她我们从医院回家的路程有多长时,她非常认真地看了我一眼。"你什么时候喂的奶?"她语气怀疑地问道。"嗯,我想4个小

---

① Park Slope,是纽约市布鲁克林西北部的一个社区,以家庭友好、环保意识和社区参与度高而著称。——译者注

时前？"我天真地回答。看得出来她不喜欢这个答案。她尽量用温和但坚定的语气说："好吧，你不能再让这种事情发生。"当我开始紧张时，她继续说："宝宝至少每两小时需要吃一次，如果你忽视了这一点，真的会发生危险的事情。"我立刻脱掉上衣试图喂奶，但不确定是否真的有乳汁出来。卡拉让我挤压乳头，好让她进行观察。出现了一点点清澈的液体，量很少，最多只有几分子？卡拉说："我看到初乳了。"如果你不熟悉初乳，它（据说）是一种在乳汁正式到来之前，母亲身体所产生的超级食物。它可以是金黄色的，也可以是透明的，甚至完全隐形。我记得在怀孕后期读到过相关文章。我当时的反应是：**这是什么鬼东西？为什么还会有这么奇怪的东西？这东西为什么叫初乳？**

当我把阿什抱在胸前时，根本无从判断他是否真的获得了营养，但卡拉似乎很有信心，说只要他接触到我的乳房，他就能得到一些东西。我希望自己能像她一样充满信心，但因为她已经把"正确喂奶与错误喂奶的区别可能是一个昏迷或死亡的婴儿"这个观念深深植入了我的脑海，所以我很难对这种情况感到乐观。

一个小时后，卡拉不得不离开（她怎么敢离开我们？我想，可能是因为她要去帮助迎接另一个生命的到来）。此时我的身体已经开始颤抖，疲惫、恐惧、饥饿和压力交织在一起向我袭来。就在这时，丽莎按响了门铃。她走进我们的公寓，看到迈克正在跑来跑去，试图打开所有仍然没有拆封的婴儿用品，而我坐在沙发上，抱着阿什，处于完全恍惚的状态。我这一生中见到任何人都没有此刻见到丽莎这样高兴。

迈克把宝宝递给她，她把他高高举起一会儿，就像举着一只小辛巴一样。她看了看他，思索了一下，然后把他放低到与自己的视线齐平。"阿沙，"她用她的特立尼达口音说道，"你是个好宝宝。"她转向我们："差不多该睡觉了。他吃了吗？"我给了一个"我想吃了吧？"的回答，她立刻正确地忽略了这个答案。"你家里有配方奶粉吗？"她问。答案是肯定的。我们有配方奶粉不是因为我们买了（尽管稍后我会提到，我是配方奶粉的狂热支持者），而是因为当你注册任何婴儿网站或留下任何表明你怀孕的互联网痕迹时，各种配方奶粉公司就会开始免费、主动地给你寄送这些东西。有一天我打开邮箱，一包巨大的美赞臣婴儿奶粉掉了出来。每当有一个这样的包裹到达时，我们就把它扔进一个用来堆放我们不知该如何处理的东西的壁橱里。

丽莎让迈克去找配方奶粉，在接下来的几分钟里，她给了我们一份厚礼，那就是为所有关于如何给孩子喂奶的宝贵意见祛魅。我从未把"纯母乳喂养"当真，但是如果我提前想到这一点，也许就会开始考虑哪种配方奶粉更有营养或者更有机，又或者让自己陷入一些毫无意义的纠结之中。但当我把家里所有的配方奶粉递给丽莎，并问她哪个牌子更好时，她坚定地说："都一样，无所谓。"她的语气让我感觉自己不需要再问更多问题。

无所谓。

无，所谓。

无，所，谓。

这三个字对我来说如同天籁。事情太多了，每件事似乎都至关重要。对于一个新生儿来说，每一刻都感觉像生死攸关。可以不再为每个决定抓狂，是如此自由和令人安心。丽莎的建议是先母乳喂养，然后提供一些配方奶作为"加餐"——就像晚安酒一样，以确保他真的吃饱了。作为一个长期的酒鬼，我喜欢这个说法。丽莎专注于一个理念：吃饱的宝宝是快乐的宝宝，是睡得越来越久的宝宝。她被誉为"睡眠训练专家"，当我们第一次见面时，她告诉我们她可以让大多数宝宝在8周内睡整夜觉。这看起来很有野心，但我尊重她的自信。

丽莎的所有原则都简单、清晰、正确。然而，在我当新妈妈的迷雾中，总有一种把简单事情复杂化的冲动。在丽莎和我们一起住的第4或第5个晚上，阿什在喝完作为主菜的母乳和帮助消化的配方奶大约30分钟后醒了。丽莎去给他再准备一盎司的配方奶,但因为他刚刚吃过,我怀疑他是否真的需要食物。我对丽莎建议,也许他需要的只是……我,一个亲爱的妈妈,以及我那极其特别和无可取代的拥抱。丽莎看了我一眼:"他可能只是还没吃饱。"她回答。但我还没有准备好接受这个逻辑,尽管作为一个成年人,我无论刚吃了多少,总是在15分钟之后就又饿了。我对丽莎说:"让我试试看。"她点点头,并且展现了奥斯卡级别的演技:"我明白。母亲需要有自己的体验。"

黑暗中,我把阿什从他的小摇篮里抱出来,放在沙发上。我用拇指轻轻抚摸着他的额头,一遍又一遍地唱着知更鸟摇篮曲,等待他闭上眼睛。他不再哼哼,然后,他的眼皮越来越重。我们彼此凝视着,他的眼睛穿透了我的灵魂,这是只有新生婴儿的眼睛才能做到的。自从他来到世间,我第一次感觉到我们有了一个特别的时刻,我们爱上了彼此,他在我温柔的怀抱里有了无比安全和被呵护的感觉。

最后,他闭上了眼睛。我站起来,动作比树懒还慢,小心翼翼地把他放进婴儿床里。他睡着了。我算是个英雄吗?也许有那么一点点。

我从阿什的卧室出来,丽莎从沙发上抬起头来,面无表情地问道:"里面怎么样?"

"非常,非常好,"我回答,"他只是需要妈妈的爱抚。"

就在这时,阿什又开始大声哭了起来。丽莎站起来:"也许我们该喂他吃点儿东西。"

事后看来,阿什和丽莎在很大程度上想法是一致的,那就是他饿了,而我是个十足的傻瓜。我们给他多喂了一点配方奶,他立刻就睡着了。不然呢?

无论你身在何处,能否举杯敬一下丽莎?敬丽莎,也敬全世界那些彻夜未眠帮助这些新生儿在新妈妈手中生存下来的女性。为丽莎干杯,为她的耐心,为她在让我这个蠢货按照自己的方式受到教训和在关键时刻挽救我儿子生命之间的慷慨把控。

在丽莎与我们相处的一个月结束时,她必须去开始另一份工作,所以我们找了一家夜间保姆机构。这家机构派给我们的第一个人是珍妮特。在气质上,珍妮特与丽莎完全相反。她有一种非常平静、几乎不动声色的存在感——对此我并不介意。就在珍妮特到来的那一周,我们意识到阿什已经快满月了,却还没有洗过一次像样的澡。我们尝试过一次,将一个小塑料婴儿浴盆放在水槽里。在一侧有一个"过热/过冷"指示贴纸,迈克和我非常重视这个贴纸,我们费尽心思让小刻度表达到"刚刚好"的位置。然而,不管我们如何完美地调节温度,一旦把阿什放进水里,他就开始尖叫,直到被抱出来彻底擦干才停下来。我们对此惊慌失措,最后只能草草给他擦洗几下了事。有几个星期，我们觉得不洗澡也没关系。但一个月后，我们开始觉得，作为一个每天要拉好几次屎，而且4周前就已经出生的人，确实应该洗澡了。

当我们告诉珍妮特阿什讨厌水时，她告诉我们，她要给他做一个"珍妮特洗浴"。我不知道她能做得与我们有什么不同，因为我们显然做得无可挑剔，但我还是想虚心学习一下。我打开水龙头，让浴盆指示贴纸显现出"理想温度"的笑脸。珍妮特把手放进水里，困惑地看着我。"这水太凉了。"她说。"可是贴纸……"我嘟囔着把手伸进浴盆，确实，水温偏低，令人不适。我是说，这确实是一种任何人，无论是婴儿、儿童、青少年还是成人都不愿意在里面洗澡的温度。我们太害怕烫伤儿子，结果却不小心冻到了他。"你也可以再多放一些水。"她轻声建议。哦，对了。尽管我们一直抱着他，但我们也害怕把他淹死。所以基本上我们创造了水冷得让他发抖、几乎整个上半身暴露在外的洗澡环境。完美！

搞砸了。

唉，看来是时候完全把控制权交给珍妮特了。她把水倒掉，重新装了水，当浴盆装满后，她问我们要了一把梳子、一个冲洗杯和两条毛巾。我不知道她为什么需要梳子（不过我想炫耀一下，阿什出生时确实有一头漂亮的头发），但我记得有人给了我们一个婴儿卫生用品套装，里面有一把小小的白色婴儿梳子。还有人给了我们一个鲸鱼形状的塑料冲洗杯,我急忙从放在壁橱里的乱糟糟的婴儿礼物中把它找出来,这些礼物一直等着一个有资格的成年人的到来。

一切准备就绪后,她脱下阿什的尿不湿和连体衣,用一只手抱住他小小的身体,就像抱着一只小猫,然后慢慢把他放进水里。阿什在脚碰到水之前看起来很怀疑,然后我看到一个月大的他脸上露出了愉快的惊讶表情。珍妮特用平静、低沉的声音说:"很舒服吧?一个小小的水疗宝宝?"她慢慢地把手移向水龙头,仿佛她自己也在水里一样,一股和缓的(非常温暖的)水流了出来,轻轻地流在阿什的额头上,她帮阿什侧过身,让水冲过他的后脑勺。这时,阿什闭上了眼睛,沉浸在温暖的感觉中,同时也感到安全,因为这次照顾他的不是他那愚蠢的父母了。

过了几分钟,珍妮特把他从浴缸里抱出来。从他在水中到被完美地裹在毛巾里只用了不到一毫秒的时间。她把他抱进房间,给他穿上连体衣,然后用毯子把他包起来。她把他放在自己的腿上,头放在膝盖上,开始慢慢地、充满爱意地梳理他的头发。这时的他似乎达到了我作为母亲从未让他达到的极乐状态。我录下了这个场景。在她开始梳理头发的那一刻,他闭上了眼睛。"慢慢来,我们有很多漂亮的头发,小伙子。"她低声说。然后,阿什第一次咧嘴笑了起来。那真是太美了。这不仅仅是因为他很美，或者我是他的妈妈，所以觉得他很美；更是因为看到这个小小的新生命第一次体验到如此纯粹、天真的快乐。当梳子再次滑过他的头顶时，他发出了小小的愉悦的咕噜声。在写这篇文章时，我又看了这段视频，我几乎忘记那个目瞪口呆的我在镜头后面，以敬畏之心发出了笑声。

请为珍妮特举杯。愿我们都能如此幸运，有朝一日能享受到"珍妮特洗浴"。

与我们相处两周后，珍妮特要开始另一份工作，因此我们又找到了保姆中介公司。这一次他们派来了薇薇安。

从她走进门的那一刻起，我就喜欢上了她。她说话温柔，散发出一种静水流深的宁静能量。她话不多，但每当我偶尔让她微笑或开怀大笑时，那感觉就像是刚赢了一百万美元。她抱着我儿子的方式从我第一次介绍他们认识时起就触动了我。她不仅温柔，还很体贴。她会把阿什抱在怀里，深情地看着他的眼睛。我想，这是一个在自己的生活里也需要更多温柔的人所展现的柔情吧。

晚饭后，薇薇安总是准备静悄悄走进阿什的房间，开始她的夜班看护。但我感到孤独，偶尔用甜点引诱她到客厅。我们一起翻看我那些低俗的杂志，讨论我们会穿什么鞋子，以及哪些明星正在和绝对不合适的人约会。渐渐地，薇薇安告诉了我一些关于她生活中的事情。她的成年女儿患有乳腺癌,她正在照料她。薇薇安每周日都去教堂。她的卧室里有遮光窗帘,帮助她在白天睡觉。但她说,即便如此,她通常在24小时里的睡眠时间也不超过4小时。她说:"这就够了。"

薇薇安在这里工作的时候,正好赶上迈克第一次出差。尽管他只离开几天,但我还是非常感激有另一个人可以在晚上帮助我。这不仅仅是睡觉的问题(我是说,这确实是个问题,但我已经绝望地发现,即使有夜间保姆给孩子喂奶,我依然要在半夜起来吸奶。我必须再说一次,真是令人绝望),也因为我还是一个惊恐的、没有经验的新手妈妈,害怕单独与孩子在一起。或者更准确地说,我害怕自己单独和孩子在一起,**因为我显然做不好。**

迈克离开的第一天,家里的保姆像往常一样在5点离开。(我提到过我们雇用了一个全职保姆吗?我知道,想要花钱建立一个村庄需要很大的特权,但如果不花这笔钱,那就会连村庄都没有。)保姆离开时,阿什笑得很甜——他和她在一起时总是心情很好,因为她很棒——他的快乐心情持续了大约10分钟。但随着太阳开始下山,他逐渐烦躁起来,烦躁发展为啼哭,啼哭变成了哭叫。我们进入了那个被称为"魔鬼时刻"的奇怪状态,这时婴儿失去了理智,无论怎么哄都不会停止哭闹。他的叫声很急促,听起来吓人,甚至让你担心邻居可能会报警。我什么都试过了——给他换尿不湿,给他喂奶,室温不热也不冷,他身上也没有什么包得太紧。我抱着他,摇晃他,把他放在地板上,跳舞给他看,坐在他身边……但他仍然哭闹不休。事实上,我越是想让他安静下来,他就变得越烦躁。他最不满意的可能是有我这么一个妈。坦率地说,这一点我也同意。世界上所有可能接受这个伟大的小生灵投胎的女人中,他不知何故被送到了我这个最蠢的笨蛋身边。当他不停地哭了一个小时后,我也开始哭了。

终于,薇薇安在7点钟走进我家,发现孩子和我都处在崩溃的状态中。我感到尴尬、疲惫和愤怒。"他一直在哭!"我像个彻头彻尾的疯子那样大叫,把他交给薇薇安,而她甚至还没来得及脱下外套和洗手。即便现在,我仍记得她把他抱在怀里,以及一言不发的样子。她看着他的眼睛,轻轻地摇晃。我记得我们站在阿什的房间里,身后的墙上有一片明亮的夕阳投下来的光斑。尽管薇薇安抱着的是阿什,但在那几个小时里,我第一次感觉到有人在抱着我,有人理解我。10秒钟后,阿什完全安静了下来,不再发出一丝声响,只是同样深情地回望着薇薇安。一种美好的宁静充盈了整个房间,就像指挥家刚刚结束了一场交响乐。

我惊呆了:"你是怎么做到的?"

薇薇安给了我一个安慰的微笑:"你知道,有时候只是换双手。"她只说了这一句话。

换双手。

这三个简单的字,这些年来一直烙印在我心里。这是一个如此简单的想法,但它是我收到的关于做母亲最好的建议之一。这不仅仅是伟大的育儿建议,也是伟大的生活建议。有时我们是当局者迷。有时我们的创意、我们的关系、我们的书、我们的项目、我们正努力做的事,需要一些距离才能看清。有的时候,不仅寻求帮助是可以的,事实上别人的帮助可能是唯一的解决办法。有的时候,你的缺席可能比存在更有帮助,你需要暂时离开你所爱的人,才能正确地爱他。有的时候,正确的做法是说"我需要休息一下"。不幸的是,我们生活在一种哲学上不相信母亲需要休息的文化中,因此在政治上和经济上,都没有让母亲能够得到休息的基础。我们有太多关于妈妈借酒浇愁的笑话、关于上班时衣服上粘着大便的笑话,还有很多批评妈妈干傻事的笑话。但这些都没有给母亲们——一个实实在在让人类骑在她们脖子上繁衍的群体——提供简单的"换双手"的恩惠。

当你有了孩子后,你会遇到许多人,他们在你的生活中只是短暂出现,却永远与你为人父母的过程联系在一起。我一直想着薇薇安。我想知道她在哪里,她现在在做什么。我希望有一天,我可以成为她的换手人。

头发

阿什假装给我理发,用一把宽齿梳子像耙子一样在我头上刮来刮去。在把我的头发弄得乱七八糟之后,他说:

"妈妈,我能看到你的脑子。"

我用我的脑子花了一秒钟才明白他说的意思是能看到我的头皮。

这个故事有关我的脱发问题。通常坐下来写东西会让我感到恐惧,但写这篇文章却让我颇为兴奋。尽管按照时间顺序应该放在后面,但为了不让你等太久,**我要在一开始就把最重要的事情说出来**。好了,我要说了。

女人脱发是正常的。
你要允许自己脱发。
不管有没有头发,你都是美丽的。

我很愿意写这篇文章。当我第一次注意到自己脱发时，便上网希望能找到一些关于如何阻止脱发的信息，同时也希望能在等待脱发停止的过程中让自己感觉好些。我搜到了无数篇文章，基本上都在说脱发几乎无法逆转，然后我还找到了大约20个专门讨论女性脱发的论坛，这些发现实际上让我感觉更糟糕了。这是一个黑漆漆的兔子洞，洞里是一群害怕、恐慌、悲伤的女人。（这不是批评，我绝对是其中之一。）但当我在论坛里泡了太久之后，我终于还是逃了出来。既然没有任何对我的头发真正有帮助的信息，我只希望可以读到一些让我感到不那么恐慌的东西。也许是给人以希望的东西，或者是肯定生命价值的、有趣的，甚至是兼具所有这些特性的东西。

但经过多年的寻找，我从未找到这样的东西。所以，我想写下这篇文章。我希望也许有一天，当某位焦虑的女性在搜索"女性脱发"时，这篇文章会自动出现在结果页的头条（或者至少是在那些悲伤的聊天室和无用的文章之前，但可能是在激光梳子的赞助广告后面）。而当那位美丽的女士读完我的文章后，她会感觉好一点。因为她终于读到有人说：

女人脱发是正常的。
你要允许自己脱发。

不管有没有头发,你都是美丽的。

我们生活在一个很多女性面临脱发问题的世界中,但这个世界却让我们觉得,当这种正常的事情发生时,我们就像犯了罪一样。我们感到自己会被拖进那个孤独的老处女的身体监狱里,与那些皮肤长出橘皮组织和其他正常变形的女性一起饱受煎熬。

你要允许自己脱发。
这是正常的。
即使是女人!
不管有没有头发,你都是美丽的。

以下,就是我头发的故事。

15岁

年轻时,我的头发非常棒:长长的、浓密的巧克力色的波浪形犹太卷发。在它最浓密的时候,我的马尾辫有一个可乐罐那么粗。不幸的是——但并不意外——我根本不知道我有这么好的头发。实际上,我讨厌它。那时我是个青少年,正值20世纪80年代末,我只想要光滑、平坦、金色的布雷迪①式的头发,就像圣诞节本身一样富有美国白人新教徒的色彩。说实话,在她第一次出现在电视上的几十年之后,我们依然生活在布雷迪头发的暴政之下。

于是,我——一个十几岁的女孩,愚蠢地没有意识到自己的头发有多好,却"理所应当"地关心许多自己没有的特征(譬如说大胸)。后来我胸部发育了,但没高兴多久,几年过后小胸又变得流行起来。而当我转向头发寻求安慰时,它却开始脱落了。

30岁

当时我正和一个可爱、幽默的光头男人约会。他告诉我,他二十多岁时第一次注意到自己的头发在变稀疏时,完全崩溃了。他开始"追踪"(他的用词)那些他认为试图隐藏自己正在变秃的男性名人。我想,在这里点出裘德·洛名列他的追踪名单榜首已经不算泄密了。当然,名单上还有许多其他名人。

我不记得自己是什么时候第一次发现这个问题的。或许是我看见自己的头发缝有点儿大——此前我都没怎么注意,忽然有一天它显现了出来,在我的头顶上画出一条白色的条纹;或许是我注意到地漏的滤网上出现了更多的头

---

① 美国情景喜剧《布雷迪生活现场》中的角色。——译者注

发。不管怎样,在某一天,我注意到了。我注意到这件事后做的第一件事就是试图不去注意它。但只过了大约一个月,我再次注意到这个情况,然后注意变成了一种观察,观察最后变成了完全的失控。我给我敬爱的全科医生拉赫曼打电话,做了紧急预约,期望他能告诉我,这种情况要么不算问题,要么如果是个问题,他也可以立即解决。当我走进他的检查室,对他说"我担心自己在脱发"时,感到非常尴尬。记得他边检查边用双手把我头顶上的头发拨平。此时我的头发还相当浓密,我一直等着他说"没什么问题",但他却说了句"你确实在脱发"。我的胃一下就揪紧了。他告诉我应该去看皮肤科医生,然后陷入了尴尬的停顿。我可以看出他知道我在崩溃,但他已经没有任何建设性的话能对我说了。我不记得他说的原话,但我觉得他说的是"这对女人来说真的很难"。我无法确定他是否说过这句话,但我确定我们两个人至少有一个(或者两个人)说过这句话,或者是感受到了这句话。

32岁

我的头发越来越稀疏。我不知道别人是否注意到,但每次看到自己的照片或照镜子时我都能发现。浴室的镜子尤其苛刻,因为几乎总是有一个顶灯直接照在我越来越稀疏的头发上,突出我可见的白色头皮。我感到沮丧。我的意思是，我以前就很沮丧，但现在这种新的沮丧叠加在我原有的沮丧上。脱发问题一直萦绕在我的心头，盘踞在我的头顶。

像我前男友追踪裘德·洛那样，我开始追踪其他女性的头发。我仔细观察那些发型特别可疑的女性名人。但我的主要做法是在地铁上站着看其他女性的头顶，检查我能看到的每个坐着的女人的发丝。统计数据显示，至少有40%的女性有脱发问题。但从我在地铁上的非科学视角的观察来看，比例远不止于此。时不时我会看到一些幸运的女人，她们有着真正令人惊叹的发量，这让我极度嫉妒。不过似乎超过一半的女人头顶都会露出一点儿"脑子"。如果这是我们许多人都会自然经历的过程，那么为什么社会告诉我们不能脱发？为什么男人可以？我的意思是，我知道这对他们来说也很难，但对他们来说，好消息是，一旦他们接受了并把头发剃光，几乎每个人看起来都比以前好看得多。①

为了寻求答案，我去看了皮肤科医生，他让我做了一整套血液测试。我希望结果能显示出一些营养成分缺乏或

---

① 我想到的人是网球界的传奇人物安德烈·阿加西（Andre Agassi），他这么多年都戴着花头巾和头带，我只想说，如果有人想讨论阿加西和他的头带，我真的会在一顿早午餐甚至整整一顿晚餐上喋喋不休地说个没完。

激素不平衡。虽然不希望发现什么严重问题，**但我居然盼着自己能查出点儿问题，这可真荒唐**。但血液检查的结果是一切正常。

皮肤科医生告诉我，只需使用培健（米诺地尔）就可以了。但医生也同时告诫我，"别费心使用'女性专用培健'，那只是营销。使用男性用的培健就很好"。我回到家，打开药柜，里面是我之前怯怯地买来的三盒粉红色的女性培健。在药店购买女性培健的感觉非常糟糕。我试着采用大学时代的经典策略——把购买的避孕套埋在许多非性用品下面——以逃避药店店员的检查，因为他们以前显然从未见过这种手法！显然，这个买了卫生纸、发圈和润唇膏的人不可能有龌龊的性行为！

我无法想象还要回到药店，买更多没用的东西来掩饰我购买的男士培健。

33岁

我绝望了。我用了大约两个月的培健，每晚都在头上喷洒。那段时间结束后，每天早上我头皮上都会有黏糊糊的残留物，而这种残留物实际上让我的头发看起来更油腻，显得更稀疏。公平地说，培健明确表示你在使用的前6个月不应该期待看到效果，但那正好是我觉得自己无法等待的6个月。

最终，我在网上找到了一个"女性脱发专家"并预约了时间。当我到达时，感觉办公室的一切都有点怪异。首先，没有接待员或任何其他员工。我就这么……走了进去。这个地方更像是一个单身汉没有完全打扫干净的一居室公寓，而不是医生的办公室。这并不是说里面有床或什么，但它确实有种像是有床的感觉，你能明白我的意思吗？当这位"女性脱发专家"终于出现时，我沮丧地看到他穿着白大褂和牛仔靴。我不太记得这次拜访的其他细节了，因为一看到牛仔靴，我就开始出戏。我觉得他如果完全穿成医生的样子，或者完全穿成牛仔的样子，我都会感觉好些。更何况，他稀疏的头发扎成一条散乱的马尾辫，并不是他这门生意（或其他任何生意）的最佳广告。

他用一个特殊的放大镜看了看我的头皮，告诉我，我的脱发很可能是遗传的。啊，遗传的！我曾经在书里读过，遗传是最常见的脱发原因，由它引起的脱发也是最难治疗的一种。他卖给我一些非常昂贵的药水，据他说是他的办公室特别配制的，含有雄性激素（或者其他什么东西），比培健"更好"，尽管他无法解释为什么。虽然我怀疑这都是在胡扯，但还是买下了它们（这个医生用读卡器刷我的卡，让我更觉得这不像是医生的行为）。那天晚上在浴室里，我把这种比培健"更好"的黏糊糊的东西挤在头上并反复揉搓。我用了好几个星期，在这期间一直希望自己不必这样做。那时，我还没意识到我其实可以随心所欲。

34岁

我34岁的时候和我现在的丈夫相亲认识。很快,我们大部分夜晚都在一起度过,分享彼此最亲密的故事。但我有一个大秘密,每晚睡前我都会偷偷从包里拿出一个小瓶子,赶紧跑到浴室,把培健涂在头上,然后把小瓶子偷偷放回包内侧的口袋。我已经用完了那个穿牛仔靴医生的东西,当我该再找他买一些的时候,心中涌起一种不安的感觉——有人写了一本书,叫作《恐惧的天分》,就是关于这种不安的(那本书其实写的是如何察觉到有人要谋杀你,我认为它也适用于感觉到你的"头发专家"是个江湖骗子,在他自己家房子里卖给你山寨的培健),因此我没有再去。几个月后,我放弃了,什么都没做,但在遇到迈克之后,我觉得确保我的头发不掉下来非常重要,所以我又用回了培健。迈克的头发很棒,我无法接受他知道我在脱发的事实,但随着时间推移,我们对彼此关系的态度变得更加认真,而培健似乎没有给我的头发带来任何改善,我开始觉得有必要警告他,告诉他可能会发生的事情,这样他可以立即离开我。我记得自己躺在小公寓的床上,盯着天花板,鼓起勇气给他打电话。当告诉他我有事要坦白时,我开始哭了。他沉默了一会儿,用一种明显感到恐惧的声音问:"什么事?"是不是我杀人了?还杀了好几个人?最终,我告诉他可怕的真相，那就是我正在脱发，而且我害怕情况可能会变得更糟，如果他想立刻离开我并且再也不和我说话，我是能理解的。

35岁

我在一个电视节目组里工作。我们只有几个人，在布鲁克林一个非常大而且通风的阁楼里工作，这个建筑有点破旧，没有清洁人员。日复一日，我们思考、谈话、写作，大概在第4周，我开始注意到一些棕色的"风滚草"似乎在白色混凝土地板上滚动。仔细检查后，我发现这些"风滚草"其实是我的头发，实际上，整个房间都覆盖着我的头发。我开始戴一种松垮的松编海军蓝帽子，就是90年代意识嘻哈乐队成员戴的那种帽子，以防止头发飘落。我希望自己看起来像一个年长的法国研究生——我确实像。于是，我看起来就像一个坐在自己头发海洋中的年长的法国研究生。

我陷入了绝望。我追踪了更多头发稀疏的女性名人，但也越来越向往那些拥有浓密自然毛发的女性（名人或普通人），尤其是年纪较大，一直到六七十岁头发还好好的人。我梦想着成为穿着高领衫的凯瑟琳·赫本般的贵妇，穿着翻领的衣服，头发高高地盘成一个凌乱而高贵的发髻，在归隐之处凝视着平静的湖泊。

大约就在这段时间，有一天，我坐在一辆出租车上，沿着上东区的第五大道行驶。当我们经过大都会艺术博物馆时，天刚开始下雨，一个女人站在路边，举起手来叫出租车。她大约70岁。她左耳闪耀的蛇形金耳坠引人注目。她穿着一件简单的无袖小黑裙，裙摆刚好在膝盖以下。她很美。另外，她完全没有头发。她的手臂举在空中，看起来就像身后博物馆里的一尊雅典娜雕像。除了光头和独特的金耳坠，让我印象最深的就是她的表情。她看起来无比沉静从容。那一刻，我多么渴望像她一样强大。问题是，在35岁的时候，我仍然是个胆小鬼。

39岁

39岁时，我的发际线变得稀疏。每当我照镜子时，我都会尽量忽略眉毛以上的部分。与此同时，我正在接受不孕问题的治疗，其中的一些副作用就是导致更多的脱发。真是一段屋漏偏逢连夜雨的日子啊！

但是，某一天，奇迹般地（或者说与奇迹恰好相反，因为使用了大量科学手段），我怀孕了。在雌孕激素的作用下，我的头发又开始变得浓密。

这是最具有阿拉尼斯·莫里塞特式[①]讽刺意味的事情之

[①] 指的是加拿大歌手阿拉尼斯·莫里塞特在她非常流行的歌曲《Ironic》中所体现的那种充满讽刺和矛盾的情感。——译者注

一，当你脖子以下的身体变成葫芦的时候，却拥有了令人艳羡的模特般的头发。到了怀孕第4个月，当我照镜子观察肚子的进展时，注意到多年未见的发际线上的头发变得浓密紧凑。现在一切都和以前相反了。眉毛往上，我看起来像吉赛尔·邦辰。眉毛往下，我看起来像一只豚鼠。①

而更令人无奈的是，当你的头发达到最浓密状态的时候，你分娩了。于是几个月后，随着激素恢复正常，所有额外长出来的头发，连同一些怀孕前的头发，都会成把地、有时甚至是一团一团地掉落。我在怀孕的前3个月读到有关这个现象的报道，它使我的头发染上了一种苦乐参半的宿命色彩，因为我所有宝贵的新头发将注定再次离去。

之后，我的儿子出生了。虽然我确实变得疲惫和脆弱，我的头发却出乎意料奇迹般地保留了下来，没受到任何影响。起初我无法相信——我从来没有听说过有谁能留住孕期长出来的浓密头发。但是，一个月过去了，又一个月，又一个月……头发还在。我很庆幸儿子的身体健康，但说老实话，当我想把头发卷成一个蓬松的发髻时，需要把发带抻得很开才能像过去一样绕上一两圈（仿佛回到了从前的美好时光），这件事同样令我激动。

---

① 澄清一下，我这么说并不是自嘲：我的第一只宠物是一只名叫丘姆利的豚鼠，我很喜欢它，我爱它的身体和思想。

44岁

在我儿子4岁那年夏天,我也迎来了44岁的生日,我开始感到自己快要疯了。我的情绪总是在紧张和愤怒之间徘徊,思绪不停地在焦虑的圈子里打转。当我注意到巧合——或者并非巧合——我的月经已经6个月没来了,我觉得是时候去看医生了。我在洛杉矶从来没有找到过一个我喜欢的妇科医生。我试过的两三个医生都有一种令人不舒服的好莱坞气质,不可避免地问我以什么为生,当我说我是个作家时,他们会问我是否参与过他们可能知道的任何作品的创作。一次,洛杉矶的妇科医生甚至在做宫颈涂片检查时问了这个问题。在阴道里插入内窥器本来就不舒服,但同时还要看到医生在得知你写的是他们从未听说过的无关紧要的情景喜剧时眼中的失望,这真是令人沮丧。然而,在疯狂的情绪和缺乏月经之间,忍受一下去看女医生似乎是正确的选择。

在经过一系列检查后,医生告诉我,我的激素在极高和极低之间波动,这种波动造成了我的情绪困扰以及卵巢囊肿。我正式进入围绝经期。对于那些不知道怎么回事的人来说,围绝经期是女性完全进入绝经期之前的阶段,在这个阶段女性会整天担心很快就会进入绝经期,就像跟更年期订了婚一样。

医生说，为了控制囊肿，我必须服用激素避孕药。

自从生完孩子，我就再也没有服用过避孕药。因为我相信这就是我的头发状况得到改善的原因。我决定赌一把，宁可冒着再次怀孕的风险，也不愿意冒着失去梦寐以求的奇迹般孕期再生头发的风险。我要承认，考虑到我现在的年龄和第一次怀孕时的艰难，再次怀孕的风险是相当低的。尽管如此，这么做好吗？哦，当然不好。但在脱发讨论区（是的，我又回来了）上有很多关于避孕药与女性脱发之间潜在联系的讨论，虽然这些都没有基于科学证据，但有数十个随机的网络评论支持，这感觉就像……某种依据？[1]

我告诉医生自己担心避孕药对头发的影响。虽然她非常友好，但她对这个问题的态度是：谁在乎？这几乎是所有医生涉及这个问题时的态度。虽然他们都保持礼貌，但每次谈话的潜台词仍然是：抱歉，我忙着确保你的生命安全，顾不上你的马尾辫。公平地说，你怎么能质疑这一点呢？她给我开了一种低雌激素的药。

服用几天后，我的心情开始平静下来。几个月来一直冲击我大脑的狂乱、愤怒的情绪开始消退。我感到自己比前几个月都好，情感上和身体上都如此。

---

[1] 也有很多人在讨论一切事物与脱发之间的潜在联系，如抗抑郁药、压力、染发剂、疲劳、健身、蛋糕、空气等。

但是,果然不出所料,几周后的一天晚上,当我在睡前刷牙时,我注意到水槽上多了大约10根细细的头发。我用手指在头皮上摸了一下,当我再拿开手时,又有大约10根头发掉了下来。

这种情况自那以后一直持续。掉发,更多地掉发。

然而……

自从这个事件发生以来,我第一次发现自己不再在乎了。我的第一反应不是上网或找另一个会卖我药水的高级皮肤科医生。相反,我只是照镜子,想象如果我不再焦虑不安,直接剃掉头发会是什么样子。

又会怎样呢?我已经44岁了。22岁的时候,光头可能会更好看一些,那时候没有黑眼圈,皮肤没有被晒坏。但我现在所拥有的财富是那时没有的,那就是我可以不再把很多事情当回事儿。也就是说,由于做了近5年的母亲,我已经做了许多放下虚荣心的练习。在公共场合被弄一身鼻涕和呕吐物,溢奶的胸部,无论我怎么做都无法摆脱的松垮的肚子[①],都那么让我感到丢脸。所有这些事情单独看来都很糟糕,但当它们加在一起的时候,是我作为母亲所做的牺牲给了我力量。为了孩子而假装自己无敌的那些日子,至少在某些方面,让我真的相信自己是无敌的。就算掉头

---

① 说实话,我几乎不在乎了,但无法视而不见。

发又能怎么样？能怎么样？（我高喊着。）也许是我的身体已经发生了太多的变化，我已经习惯了在镜子里看到一个陌生人；也许是因为任何关于我外表的批评现在都可以用**"我正忙着让另一个生命活下去"**来回敬。（仍然在喊叫。）让我再说一遍：

女人脱发是正常的。
你要允许自己脱发。
不管有没有头发，你都是美丽的。

我曾经夜不能寐，担心脱发就意味着没有了女人味儿。现在我知道，世界上最女性化的事情就是自我接纳，是为自己感到自豪，是为你所做的牺牲、你所失去的东西、你如何奋斗、哭泣并坚持把失去变成收获的自豪感。我想起了多年前看到的那位美丽的雅典娜，她站在雨中，手高高举起。当时我无法想象如何获得那种平静，但现在的我已经找到了通往"无所畏惧之地"的道路，现在的我可以想象到了。如果我有幸还能继续生活下去，我将会继续摆脱那些不重要的、其实从未重要过的东西。我想象着自己光着头，穿着无袖衫，戴着耳环，双臂环抱着我微笑的儿子的样子。

泰迪·鲁宾

　　1985年，这个国家卖得最好的玩具是一只名叫泰迪·鲁宾（Teddy Ruxpin）的熊，这是最早大范围流行的电动玩偶之一。如今，你必须花大价钱才能买一个安安静静、一言不发、手工制作的斯堪的纳维亚玩具，否则就要去买价钱更便宜的主流玩具，那种会说话、发出哔哔声或者尖叫声的塑料玩意儿。但在八十年代中期，泰迪·鲁宾是玩具熊技术的巅峰。我还记得自己第一次看泰迪熊广告的情景。那时候我坐在客厅的地板上，距离电视机近到可以手动换台——当然，那时候也必须手动换台。

　　广告是这样的：一个小孩到教室前面去发言，声称自己有一只会说话和讲故事的熊。其他孩子打着哈欠，翻着白眼，他们认为这位同学是在瞎说。当然，这些孩子这么做肯定是没有礼貌的，但我们也不相信这个三年级学生的话，他在瞎说些什么呢！小孩看起来很伤心。然后，突然间，**屏幕**上出现了熊的背部特写。老师打开了一个隐藏的卡带播放器。她插入一盘磁带，然后转动了一个小拨盘。熊的眼睛猛地睁开了（好吓人），他说话了——"嗨！我叫泰迪·鲁宾。"镜头切回到教室——所有的孩子都惊呆了。镜头切回到熊——"你们能和我做朋友吗？"他轻声说。孩子们被催眠般地点着头，好像他们加入了邪教组织（说实话，这些孩子的演技不行）。镜头离开教室，一个带有英国口音的画外音告诉我们，这只会讲故事的熊还附带一本插图书和一盘磁带。

也许你还记得这只熊，也许你的记忆已将它尘封，但我不认为你会真的忘记。因为一旦见过它，就不可能不被困扰，即使没有困扰到清醒的你，它也会出现在你的梦里。一个没有生命的玩偶，有一张嘴巴和一双眼睛，讲着故事，好像活的一样，带有一些令人不安的哥特风格。

至少在我成为妈妈之前，我是这样想的。

阿什出生后，我们下定决心给他讲故事。这是美国儿科学会以及所有其他协会和学会的建议，这些协会和学会都旨在培养聪明、成功的孩子，或至少是在你年老时能照顾你的孩子。

睡觉前负责陪孩子的人主要是我，因此，默认主要由我给他讲故事。我很享受这项任务，和孩子亲昵相依。而且，更让人感到开心的是，给婴儿读的书都没有几个字。因此，读3本书只须一分钟。但是，这些书会逐渐发展到10个单词长，然后很快就变成20个单词长，再然后是10页或更长。这时我第一次开始注意到一个奇怪的现象，在我熬过漫长的一天后，大脑充斥着说不清的焦躁和琐细的损伤，当终于和儿子一起开始读书时，虽然能够奇迹般地大声念完一整本书，但对自己念出来的东西毫无头绪。我很擅长变换声音进行角色扮演，这样能真正深入地挖掘角色。但在整个过程中，我的思绪全都在别的事情上，我根本没在想故事。我完全处于"自动驾驶"状态，嘴巴在说话，灵魂却已出窍。

这种感觉非常奇怪。 我曾是一个人类女性，现在却成了泰迪·鲁宾。

这种情形第一次出现时，我正在卖力气地读一本关于猴子的书，也可能是一本关于卡车的书。猴子或卡车，我已经搞不清了。反正，那是一本新书。我们第50本关于猴子或卡车的书。

这是我大声读出来的话：

小拖车喜欢帮助他的朋友。他不知道自己是那么小。

但是我听到另一个声音说：

我还要多久才会真正显得老？我已经44岁了。离我显老肯定没几年了。

嗯，这很奇怪。我怎么会嘴里讲着这个，脑袋里想的是别的呢？

我的嘴里继续讲着卡车的故事：

小拖车想帮他的朋友挖掘机建一栋新楼。

另一个声音继续说：

我想知道奥斯卡·艾萨克现在在做什么。此时此刻，他可能正歇着呢。

我的手自己翻了一页。我搞不清楚自己是如何知道已经读完了这一页的，但是，我就是知道。阿什被吸引住了。我继续讲：

但挖掘机说："不，谢谢！我的大朋友推土机在帮我。"小拖车很伤心。

当小拖车因受到轻视而黯然神伤时,我无休止的内心独白仍在继续,完全没有受到我的肉身正在讲述的卡车故事的干扰。

我应该买一个类似NuFace①的东西吗?我不喜欢每天晚上电自己的脸,但我认识的每个人都说这东西很好用。唉,也许现在用它已经太晚了。也许还来得及?也许我可以做一个美丽的老妇人,优雅地变老,并成为社交媒体上为某种纯植物美肤产品代言的明星。我想养条狗。呃,但我应该承认,我太累了,根本没力气去遛狗。但如果我能成为那种可以在早上5点主动起床的人呢?那种在家人醒来前就起床、喝咖啡,坐下来写几章小说的女人?或许我还会做冥想,对一切心怀感恩?但我做不到,因为我永远不可能真正感恩,真是太混蛋了。那个我7年级的时候喜欢的男生基兰怎么样了?我应该去找他。我记得我从白页电话簿上找到过他的号码。白页电话簿。他妈的,我真的老了。

我就这么读下去,直到把阿什的书读完。合上书,我惊讶地发现自己根本不知道刚才读了什么。我不知道书里有哪些人物,不知道故事情节,不知道它如何开始,也不

---

① 一种微电流手持美容仪。——译者注

知道它如何结束。如果让我参加关于这本书的阅读理解测试，我一个问题都答不上来。

我怎么会分裂成两个看似独立的存在呢？一个在培育我的儿子——讲故事、跟他交流、陪着他，做一个人间良母，甚至是圣母。另一个可以称为"真正的我"，纠结在自己的事情里，思前想后，游离于当下。我的小男孩依偎在我怀里，完全没有意识到我们并没有共享同一种体验。我就像泰迪·鲁宾一样，只是在鹦鹉学舌。

我对自己的头脑——或者更确切地说，是身体的这种能力感到震惊。除了能做到这一点之外——我还能做到什么呢？这是出于达尔文式生存需求而演化出来的母性的多任务处理能力吗？是自然界值得惊叹的奇迹吗？或者，我仅仅是一个在培养孩子的活动对我自私的小脑袋来说不够有趣时，寻找精神逃生门的女人？

我分裂成两半的自我来回争吵，如杰基尔和海德[①]，互相争论谁对谁错。直到有一天晚上我讲《为小鸭子让路》时，这种争论引起了我的注意：

马洛德先生和夫人正在寻找一个住处。

[①] 英国作家罗伯特·史蒂文斯的小说《化身博士》中的人物。——译者注

为什么你总是这样？什么样的人会连自己正在念的一本书都听不进去？你现在就是这样，你的脑子思来想去。这是你小时候喜欢的一本书，现在你儿子也喜欢它，你应该体验这个时刻，但你却在自言自语。你怎么了？

当然，在孩子身边，有些时候处于自动驾驶状态是正常的。在某种程度上，甚至孩子也接受这一点。比如说，我们"玩汽车"时，阿什总会在某个时刻发现我的心思其实不在"轰鸣"火柴盒汽车上（我的心思从来不在）。他短暂地表示过抗议，但后来他决定，如果我不喜欢，他也不在乎，反正继续玩下去。然而，出于某些原因，当我们面前摆着一本书时，阿什似乎并不知道我已经走神了。正是他对我的精神缺席懵然不觉，才让我觉得自己像个骗子。我讲一个故事，他身临其中，我却溜走了。我看似完全在场，但实际上已经蒸发了，就像一缕加湿器中飘出的雾气，升到房间的天花板，飘回过去，飘到妈妈和爸爸给我读书的记忆中。他们给我读了几百次《为小鸭子让路》，这我知道。嘎嘎、麦克和帕克[①]。我喜欢他们讲故事的声音、他们的重复、书里的插画，喜欢迈克尔警官来救援，吹响他的哨子，让所有车停下来，好让鸭子一家能够摇摇摆摆地过

---

① 书中小鸭子的名字。——译者注

马路。我从来没有想过，当他们给我读书的时候，他们的心思可能在别处。现在我觉得那时的他们一定是这样的。当然了，也许这只是我的揣测。他们给我读鸭子的故事，现在我给儿子读鸭子的故事，过去和现在交织到一起。这个故事不仅存在于书页上，还存在于我在漫长的一天结束后大声朗读时渐渐浮现的思绪中：在成为母亲之前的回忆；和第一个男朋友每个周末在常去的餐厅吃早餐炸薯条；以及我依然拥有的渴望。这个故事还存在于我写这本书的过程中，在鸭子、卡车、我儿子和1985年那个坐在地板上看泰迪熊广告、超级渴望能拥有那只玩具熊的9岁的自己之间，续写了意想不到的新篇章。

坏消息

在进行每天早上例行的哮喘雾化治疗时,我和阿什想找些有意思的视频来打发时间,于是我们开始看一部关于制造空客飞机的小纪录片。阿什喜欢看那些大型机械,而我则愉快地了解到空客的总部位于法国图卢兹,而且显然每个制造空客飞机的人都是超级模特。这谁能想到呢?

总之,当时我们看得津津有味。其中有一段情节是他们谈到空中客车总部园区的安保有多严密。"只有在空中客车公司工作的人才能进来。"解说员说道,视频画面显示出一名(帅得惊人的)空中客车工作人员向警卫出示证件。我本来以为阿什对这部分肯定没兴趣,因为没有什么炫酷的大机械让他惊叹。不过正如往常一样,我希望他忽略的东西正是他会注意到的。他问:"为什么只有在那里工作的人才能进去?"

当时是早上七点半,在这个时间去讨论人类的一些罪行恐怕太早了。我只能尽量解释。

"嗯。他们只是想确保去那里的都是造飞机的人。"我以为这样就可以结束这个话题了。

"为什么他们不希望别人去那里？为什么不造飞机的人也想去那里？"

我的天啊！

"嗯——他们只是不希望有人进去搞破坏。"

当我说出这句话的时候，就意识到自己错了。这么说只会引出新的对话，而不是结束对话。不出所料，两秒钟后，他又问道："怎么搞破坏？"

在我的脑海中，飞机撞上了大楼，橙色的火球绽开，黑烟直冲云霄。26岁的我尖叫着跑上屋顶，想亲眼证实这一切是不是真的。

我试图想出一个更容易让人接受的给飞机"搞破坏"的例子。

"嗯。他们不希望有人偷飞机上的零件。"

阿什接受了这个说法，而我默默祈祷对话赶快结束。还有，是谁拍了这部蠢不可及的纪录片？为什么他们觉得有必要加入检查人员身份的场景？纪录片的其余部分都是关于工人焊接的。这些制片人难道不知道这个世界上有剪辑师吗？我看了一眼阿什，他正在思考。最后，他坚定地说：

"人是善良的，我不认为有人会偷飞机上的零件。"

人是善良的。

我感到心痛。我为自己培养了一个相信这句话的男孩子感到非常自豪。然而，我也害怕向他透露，虽然有些人真的很好，但有些人却很可怕、很邪恶。而最终他将不可避免地从父母、学校、互联网，以及这个世界上了解到，人是多么可怕，并且向来如此。

这个问题还不仅仅包括"其他人类"。阿什还不清楚"他吃的火鸡"与"作为动物的火鸡"是同样的东西。"我在吃火鸡，但不是那个作为动物的火鸡。"他经常这样说，因为他的心灵是如此纯洁无瑕。有一天晚上，当他再次这么说时，我的育儿谎言储备耗尽了，我脱口而出："其实，我们吃的火鸡就是作为动物的火鸡。"阿什问："但它必须死，是吗？"又一次，我感到疲惫，所以我放弃了委婉的说法："是的，人要把它杀掉，所以它死了。"我觉得用"杀"这个字很糟糕，但我们被逼到这儿了。"我猜人们一定为这些动物感到难过。"他一边说一边用脚踢着什么。"那个，"我回答说，觉得自己是个十足的混蛋，"有些人确实为这些动物感到难过，所以决定不吃肉。""有些人"，但我不是其中的一员。我思考着该如何向他解释我确实同情这些动物——因为我不是一个怪物——我只是偶尔才吃点儿肉,而且尽量只吃那些农场里活得很好的动物的肉——直到它们被杀掉?尽管我并不确定这些农场对动物到底有多好?呃,可能没那么好。正当我暗自发誓要改吃素食的时候,阿什说:"我喜欢吃肉。"

当晚,这番对话到此为止。

有时我想,到底有多少坏消息要告诉我的孩子。如果将曾经发生过的那些骇人听闻的事件用超市的收银条罗列出来,那会是无穷无尽的。我真想钻到床底下,永远不出来。我们该如何告诉他们这一切呢?或者我们直接播放比利·乔尔的歌曲《不是我们放的火》("We Didn't Start the Fire"),然后放开提问?第一个问题应该是,这首歌怎么能在电台播放?第二个问题应该是,这首歌是好还是坏?答案是,没有人知道。

当然,让比利·乔尔来传递所有的坏消息并不是个好主意。但我**害怕**告诉我可爱的5岁孩子所有的坏消息,他仍然认为人们真的很善良。我自己甚至不知道所有的坏消息,但至少我知道的和你知道的一样多,并且我们都同意,这已经太多了。

这就是为什么我充满了**恐惧**。你怎么开始呢?从哪里开始?如何开始?**何时开始**?我怎么知道什么年龄适合讲述什么暴行？难道不应该有一种类似儿童疫苗接种计划的坏消息时间表吗？由专家撰写并且告诉我们，好，这个年龄他们应该了解种族灭绝事件，然后是奴隶制，然后他们应该接种有关战争的"加强针"，接着在下一次他们会听到……什么？

我甚至无法写出省略号后面的内容，这一切都太可怕了。

坏消息实在太多了。

我的意思是，哪怕是人类最普遍的暴行，我们该如何告诉他们？

我丈夫总说我太悲观，总是沉溺于负面的事情。（他怎么敢!! ——但这两点都是真的。）他说："这个世界上有很多美好的东西，为什么不试着关注这些呢？"我总是回答："我知道啦。"我确实努力关注这些美好的东西，我发誓，但我不能忽视这些美好的事物背后往往隐藏着可怕的小细节。举个例子：我儿子非常喜欢音乐。他从小就敲鼓、弹吉他，从很小的时候起，就像很多小孩子一样（可以说，大多数人都是这样吧？），他喜欢披头士。他最喜欢的歌是 *Hey Jude*、*Let It Be* 和 *Life Goes On*。我会在送他上学的路上播放这些歌曲，我们会大声唱 *Hey Jude* 里的"nah-nah-nah-nah-nah-nah-nahs"。这些是我和他在一起时最快乐的时刻，但是……每当我们听这些歌时，我忍不住想：*总有*

一天他会知道披头士中的一个成员被杀了。是其中最好的一个。（我是说他们都很棒，但……）有人杀了约翰·列侬。如果阿什问：为什么呢？唉。那我就得说："这里还有更多坏消息。有时候人们会得精神病。"他可能会问："什么是精神病？"然后我就得解释说，这是指大脑中发生了一些事情，使人们的行为不健康，对自己或他人都有害。一个有精神病的人拿着枪杀了约翰·列侬。

然后我还得谈到枪的存在，解释它们是什么、它们的用途，以及有人发明了它们，现在我们的国家对它们上瘾了。

我可以把"搞破坏"这个词轻描淡写到什么程度？

向一个孩子解释死亡已经够困难了。最终一切都会逝去，包括所有我们所爱的人。这已经是一颗难以下咽的苦药了，但至少它是……自然规律？生命的循环？除此之外，他们还必须了解到，有一部分人通过杀戮来帮助其他人完成死亡。这真让人无比沮丧。

对我们来说，"死亡"的概念是从读有关恐龙的书开始的。小孩子都喜欢恐龙。让我不爽的是，即使是最低幼的以3岁孩子作为目标读者的恐龙读物，里面也会包含"死亡"这个词，比如说恐龙已经灭绝了，说它们都死翘翘了。难道我们就不能让那些天真无邪的还不识字的孩子在了解霸王龙和剑龙的时候，不去谈论恐龙令人心痛的大规模死亡吗？很长一段时间，我在讲书时总是跳过"死亡"和"灭绝"这两个词。因为，就像空客的安全问题一样，我甚至不想谈论这个话题。尽管我知道，总有一天我们不得不这样做。

我一直在想，该怎么给他讲大屠杀的事呢？数以百万计的人类不是被流星而是被他们的邻居杀害，这……需要消化的东西太多了。

我不记得我的父母是如何谈到这个问题的。我当时可能是7岁，电视上在放某个有关犹太人的历史的纪录片，这类纪录片通常在历史频道播放，但那时我们没有装有线电视，所以，我猜一定是美国公共电视网，我不认为广播电视网会在黄金时段播放"犹太人的历史"。让我记忆犹新的是西班牙一条空旷的鹅卵石街道的镜头。叙述者以严峻的语气解释说，国王斐迪南已经命令所有的犹太人立即离开。在鹅卵石街道的镜头里，传来了逃亡的脚步声。我转向父亲，问他为什么要把犹太人赶走。我记得他说了类似于——我这里肯定只是概括他的话——这个世界憎恨犹太人，一直如此。我记得自己当时很困惑，因为我还年幼，还以为"人是善良的"。然后，我看到了集中营的镜头，在黑白色的画面中，推土机推着成百上千具骨瘦如柴的尸体。

坏消息实在太多了。

在纽约市公立学校接受的教育让我了解了一些奴隶

制……算是吧。课本上有画着戴着锁链、站在拍卖台上的人。课程虽生动但不完整。奴隶制之后是致命的系统性种族主义，这也是我们的课本不会教我们关于致命的系统性种族主义的原因。

大屠杀之后（以及之前）还发生了很多种族灭绝事件。我记得在初中（也许？）学到关于柬埔寨杀戮场的事，心想："哦，不……居然还有更多？"然后是卢旺达。我不会详细列出整个名单，因为我猜你已经熟悉了吧？（不过，根据民意调查，很多人并不相信这些事情真的发生过。不相信坏消息，本身就是更令人沮丧的消息。）

迈克认为，我们第一步应该先让阿什了解人类共同的悲哀之处，而不是人类历史中具体的恐怖事件。世上存在杀戮（泛泛而言）。世上存在强奸（泛泛而言）。但哪一种更糟呢？我感到迷惑。我试着回忆第一次知道这个世界上有这种事情，以及我是如何知道的，大多数想不起来。事实上，我确实记得当我听到"强奸"这个说法的时候，内心深处有一种沉痛而困惑的感觉，因为那是在我第一次听说有性爱这件事之后不久，而那时候的我正在艰难地理解"性是一种选择"这样的概念。

这些都不好。

我担心，这样的一种世界史会在阿什无辜的心上投下第一道阴影。他需要理解那些黑暗的事情，这样他将来才能防止这类事情的发生。但是,还有一些随机的暴行,这类事情会成为头条新闻,却不会被写进史书。在看过鹅卵石街道的视频几十年后,我无可救药地沉迷于灾难新闻。我不想点击这些可怕的故事,但这就像我们小时候回家时玩的那个老游戏——我们试着不踩裂缝,过了一会儿,我们放弃了,因为整条街都是裂缝。

我那病态的戏精小脑袋喜欢把新闻中令人不安的特定词句转化为挥之不去的想象。有时,这些想象如此可怕,以至于我无法对抗或逃脱这些如今已经永远留在我脑海中的东西,于是我只能躲到被子里,一动不敢动。

我不希望我的儿子变成这样。

除了这些,还有另一类坏消息。就类别而言,这就像是你搬家打包时最后用的那种箱子,用来装仍然放在外面的零碎东西。装进去的东西虽然小,但都很重要。我儿子不知道爱情会让人心碎,不知道癌症,不知道在他如此喜欢的迈克尔·杰克逊的精彩歌曲背后隐藏着……嗯……关于迈克尔·杰克逊的大量坏消息。

我祈祷阿什不像我那样多愁善感,希望他喜欢把时间花在创造性的追求和欢乐、充满生命力的活动上。现在他就是这样度过他的时光,没有这些坏消息压在他心上,让他怀疑周围人的本性。他搭建他的磁力积木恐龙，铺设他的木制火车轨道，高声唱着搞笑的小歌谣。他不知道为什么有人会想去破坏空客。我知道这样的时光会有尽头。

当然，面对所有这些坏消息，令人产生慰藉的是，还有那么多好消息。这个世界上有很多好人，很多了不起的人。但过去的这几年情况不妙，因为有那么多卑鄙的人不仅浮出了水面，而且还拥有了权力。但重要的是，我们要把目光放在好的事情上。美国议员斯泰西·艾布拉姆斯、编剧丹·李维以及社会活动家、诗人阿曼达·戈尔曼和很多类似的人，都在努力让欢乐持续存在。

当然，还有一些人，你连他们的名字都不知道。

我是在2021年1月30日写下这一章、这一页的。此时，这场全球疫情已经持续近一年了。我的父母，一个80岁，一个77岁，都待在纽约的家里，已经有15个月没办法探望他们唯一的外孙了。疫苗终于到了，并且可以给他们这个年龄段的人接种，但预约系统完全是一团糟，即使是最精通技术的人也觉得搞不定。每当想到没有家人或亲密朋友在身边帮助的老人是多么艰难，我就想砸墙。我的父母有家人，但我还是无法帮他们搞定。他们没有车，而且由于害怕感染，他们只愿意去步行可达的地方（这样他们在去打疫苗的路上就不会被感染)。我每天刷新他们步行距离内所有网点的次数大约是一千次,但毫无成效。新闻上说纽约市的疫苗几乎已经用完了。

几周以后,我终于到脸书上求助,询问是否有人有线索或者知道如何在市中心预约疫苗。一天后,我收到某个熟人的留言。她写道:"我介绍一个朋友跟你联系,她有本事帮符合条件的人预约。"她把我推送给"丹娜",说我需要帮助。"丹娜"立即回信,询问我父母的地址和出生日期。

我一直对"丹娜"心存疑虑,因为我是个疑神疑鬼的纽约人,很难接受人们会如此好心。看了太多坏消息的人,无法相信这或许不是一个骗局。一个人为什么会这样做呢?我想知道,**究竟为什么会有人无缘无故地帮助别人呢?**

我给推荐"丹娜"的熟人回消息,假装无辜地问:"那个丹娜是什么来头?你怎么认识她的?"显然这个问题并不无辜。朋友告诉我,她认识丹娜几十年了,丹娜已经为一百多个她不认识的人进行了预约,她"真的是个非常好的人"。

这些话让我安心。我收起了觉得这个陌生人并不是在通过假装帮忙来趁机欺骗脆弱老人95%的怀疑。然而,我还是无法完全放下另外5%的怀疑。我的一部分在憎恨自己,因为我即使面对所有相反的理性证据,还是无法摆脱这些疑虑。但如果我稍微同情一下自己,就可以理解为什么相信他人这么难。毕竟,我在人生的四十多年里不断阅读一个又一个骇人听闻的坏消息。它们像落叶一样,一点点地累积,直到形成一个巨大的失望、愤怒、悲伤和恐怖的叶堆,你跳了进去,受困其中,身处严寒中,不知道该如何起身或走出去。

为了解更多关于丹娜的背景,我偷看了她的脸书页面。如果她是在骗人,那么这就是一个放长线的骗局,因为几个星期来她已经发了很多篇文章,带着"完成预约"的话题标签,几百次成功预约,还有很多人在评论中表达感激之情。没有人说"去死吧,你这个骗子,你偷走了我父母的毕生积蓄"。我决定,让父母接种到可能挽救生命的疫苗,比我这辈子对陌生人的警惕本能更重要。我把父母的名字、出生日期和地址发给了这个素未谋面的人,还给了她我的电子邮箱,以便她帮助没有邮箱的父亲登记。

她回信说:"我不能保证什么,但我会尽力。"

不到24小时,我就收到了丹娜的消息。她为我父母争取到了第二天的疫苗接种名额,并截图了确认邮件。在截图的上方,她写道:

天啊，我忍不住哭了。我连续刷新了24个小时。也许今天是个好日子，很高兴你父母能打上疫苗。

那个星期五，我的父母前往了纽约市健康部门位于沃斯街的接种点。我一直心神不宁，直到终于听到他们都接种完毕的消息。下午听到父亲的消息后，我跪在地上开始痛哭。在写这篇文章时，我又一次泪流满面。我哭，是因为经过一年的完全隔离后，他们终于获得了一点对这种致命病毒的抵御能力。我哭，是因为在过去的这一年里，我一直背负的沉重压力和恐惧，被一个素未谋面的人减轻了。我哭，是因为当阿什肯定地说"人是善良的"时，我不仅因为自己要对他说的话感到恐惧，还意识到自己怀念那种天真无邪的感觉，在长大后如此铁石心肠地活着是多么令人疲惫。人人都在为戴不戴口罩争论不休，这算什么？这件事根本不值一提。真正致命的是时刻背负着愤世嫉俗和疑神疑鬼的重压。我哭，是因为我深深地感谢丹娜，在没有任何理由的情况下帮助了我脆弱的父母。而这一切背后的原因，是阿什所知道的那个简单的事实——人是善良的。

为喝酒辩护

首先,让我列出一些我绝对不提倡的事情。你也可以说这是一份我极其反对的行为列表:

- 任何情况下醉酒驾车
- 带着孩子一起醉酒驾车
- 微醺时带着孩子驾车
- 任何情况下酒后驾车
- 跟孩子在一起时喝醉酒
- 与喝酒无关的:蛋黄酱

接下来,我想写一篇名为"为喝酒辩护"的文章。我必须叫它"为喝酒辩护",是因为我知道我必须对此进行辩护。而我必须对此进行辩护的原因,你们都知道。每隔几年,就会有一篇关于"妈咪果汁文化"和"妈妈贪杯"的评述性文章疯传。作者为这些"坏妈妈"和她们喝的酒痛心疾首。(从来没有人对那些在外面四处喝酒的男性作家提出异议,他们的妻子在家照顾孩子。而且他们也在家喝酒!到处喝——只要他们想喝!这成了他们艺术创作的一部分!)然而,一旦有人嗅到有几位妈妈在照顾孩子时喝了几口酒,他们简直不敢相信这些女人会这么做。危险!不负责任!自私!那些可怜的孩子,被迫自生自灭,而他们的妈妈则醉醺醺地忽视他们。此外,这些人还由此想象出天知道还有多少其他不道德的行为——在码头边为了几个零钱做着不堪的交易。

这种振聋发聩的文章不仅哀叹这些母亲的行为,而且哀叹母性的麻木化、琐碎化、酒精化。众所周知,母性体现出一种至高无上的牺牲状态,任何快乐都以牺牲孩子为代价,因此最好完全避免任何放纵。可悲的是,评论文章说,你需要被提醒母亲角色的神圣性,这本身就暴露出了你的另一个问题(除了你正在大口喝着的那一大碗"毒酒"之外),那就是你是一个糟糕的母亲。感谢上帝(他是男性),有足够多的评论家愿意年复一年地提笔发表责骂的社论,敦促母亲们放下酒杯,重新专注于自己的孩子,用她的每一份心力、身体和灵魂将他们变得完美。因为众所周知,这样孩子才能茁壮成长。如果你非得喝酒的话,就停下来喝几口水吧——但即使是这样,也要注意适度。

好吧，那么……接下来我要说的话，你可能需要躺下来听。

我只讲自己的情况：

我因为喝酒，才变成一个更好的妈妈。

不要太快起身，否则你会晕倒（如果你还没被气晕的话）！

关键是我从骨子里相信这句话。我不知道这对其他女性是否适用，我相信对一些人来说肯定不是，但对我来说，这是事实。

唉。我能感受到很多人的愤怒，但这是我的真相。正如奥普拉告诉我们的，我们必须生活在真实的世界里，而我，至少会做奥普拉告诉我的事情。

早在我试着给新生儿喂奶时，就意识到喝酒会让我成为更好的妈妈。这个过程本该是我与地球上另一个人建立最亲密连接的巅峰体验，结果，最糟糕的时候却变成了身体的折磨，最好的时候也不过是让人麻木的无聊而已。

这件事之所以如此可怕，部分原因是我误解了新生儿需要多长时间喂一次奶的信息。曾经有人告诉我，婴儿每90分钟就要吃一次（不是只在白天，而是全天）。所以，如果你在母乳喂养，那么你的乳房使用时间已经被安排满了。更何况，我发现喂养孩子——让他集中注意力，让他噙住乳头，让他从一喝奶就开始从打瞌睡的状态中醒来——通常就需要将近90分钟的时间。哦，好吧，我想，至少在下一次喂奶之前，我还有90分钟的休息时间。这时，我的哺乳咨询顾问给了我一记真正的重拳：所谓90分钟并不是从上一次喂奶结束时开始计算……

而是从开始喂奶时开始。

我数学向来不太好，但如果你需要每90分钟喂一次宝宝，从宝宝开始吃的那一刻算起，而喂奶需要90分钟，那么你实际上就是每分每秒都在喂宝宝，每天24小时不停歇。

如果听到这个消息的时候我可以晕倒的话，我一定会晕倒，但由于我已经累得像死了一样，所以不可能晕倒。可以说，我真的被折磨透了。我的生活完全围绕着一个巨大的泡沫塑料哺乳枕转动，我把它绑在腰上：扣上它喂宝宝，然后偶尔短暂地解下来几分钟去上厕所，或者更换我内裤里贴的巨大产褥垫——用来控制分娩后一个多月严重的块状出血。①我不能出门，也无法真正入睡。激素充斥了我的大脑，我无法控制自己哭泣的欲望。但即使没有激素，在这种情况下谁会不哭呢？以及，谁不想喝点酒呢？

当有人摔断了腿，拄着拐杖四处走动时，没人会指望他们说，"这是我一生中最幸福的时刻，我多幸福啊"。然

---

① 你不能使用棉条，否则会出事。他们不告诉你会出什么事，只是看着你的眼睛，然后告诉你无论如何也不能塞棉条。

而,整个社会似乎不愿意承认新手妈妈的痛苦。有时候,那种感觉就好像你身体里的每一根骨头都断了,包括你灵魂的骨头,还有你阴道的骨头(阴道有骨头吗?)。重点是,当你在阿尔卑斯山摔断骨头时,一只圣伯纳犬会给你带来一壶威士忌。①为什么妈妈要被区别对待呢?

我的哺乳咨询顾问已经批准我用健力士啤酒来催乳。我最爱的妇产科医生告诉我,只要不"喝到断片儿",在哺乳期喝酒基本上没问题。说实话,只有喝断片儿才能化解我的痛苦,但有啤酒也算聊胜于无。我没有圣伯纳犬,但我有一个丈夫,我让他以最快的速度跑到最近的酒铺,买下那里所有的健力士啤酒,并把它们放到我的哺乳枕上。

我依然记得棕色瓶子贴在嘴唇上的感觉,尽全力吸下那冰冷的液体,几乎完全模仿了我儿子对我做的事情,我们都迫切地想填满自己的生命。我不知道这是否让我成为一个坏人,或者一个坏母亲。但我知道,在那一刻,我能够放松下来,可能是第一次真正享受和我的宝宝在一起的时光,因为在某种程度上,我真正有了同理心。神奇的液体让我们都进入了一种温和的愉悦状态,我们的亲密关系也因此沐浴在温暖中。实际上,那是我第一次感觉自己像一个好母亲。

---

① 要是没有这回事,也不要让我知道。

正念运动已经成了我们集体意识的一部分。对于这一发展，我大多是心存感激的，因为我的大多数习惯都是相当无意识的：我吃饭的方式（总是狼吞虎咽，好像在食槽里吃东西）；我沉迷于玩手机（为什么我刚在某个明星的网页里流连了一个小时，她是真的在看书还是装的？我到底在想什么？）。我做大多数事情的方式，都差不多如此。但是，在将近4年的时间里，我坚信有时做事不过脑子在育儿这件事情上能够变成一件好事。我真的相信，偶尔——我要再强调一遍，不是一直，只是有时候——不那么专注，让你的思想游离，不仅情有可原，而且实际上是必要的。这样才能继续勇往直前。对于小孩的妈妈来说，过度关注是每一秒钟的基础状态，无法放松哪怕片刻：我的孩子安全吗？他是不是要吞下一枚硬币？他这么烦躁是不是发烧了，烧到我们不得不惊慌失措地带他去急诊？他睡着了，太好了，但等等，他还有呼吸吗？啊啊啊……

这种程度的精神紧绷令人疲惫，当然也是至关重要的。在最初的几个月，每时每刻守着他的必要性如此之高，而情感互动却如此单调。在他还是个婴儿的时候，我一直在想，等他长大一点，过了这个可怕的脆弱阶段，我们就可以真正地交谈和互动了，我内心的压力就会释放一些，我们可以平静地寒暄，像哥们儿一样。我想，也许，等到他3岁时，就过了这个必须时刻保持警惕，防止可能发生致命事故的阶段。我的身心就会放松下来，不再像拧麻花一样别别扭扭，不用像现在这样总要喝点儿什么。

然而，正如所有父母都会告诉你的那样，虽然每个挑战期都会真实地结束，但它不可避免地只会被一个又一个挑战所取代。

就在阿什3岁的时候，他开始迷恋上了汽车。我从未记得给阿什买过一辆玩具车，但不知怎的，在某个时候，一辆玩具车进入了家里。他爱上了它，从那以后，他一直都在玩汽车。我不是一个喜欢汽车的人，而且不仅仅是不喜欢它们，因为我来自曼哈顿，几乎我认识的人都没有车，我感到汽车与我的身份认同非常对立。

但阿什不只对汽车着迷。

他还痴迷于停车。

你说什么？他痴迷于什么？

阿什不只是想玩车，他还想玩"停车"。我知道你不是在问如何玩停车，但请系好安全带，因为接下来我要解释了。我们要把大约50辆火柴盒汽车排成一排。有时我们用积木搭建一个小车库，但有时只是把其他汽车旁边的位置作为停车位。阿什把他的车移来移去，说他找不到停车位。我把我的车移来移去，说我也找不到停车位。有时我说我看到了一个车位，但他又说我们不能停在那里。有时我们找到了停车位，但随后会有更多的车过来，然后就必须找到更多的停车位。

这个游戏他可以玩上好几个小时。不是几分钟。不是一个小时。是好几个小时。几个小时变成几天。几天变成几个月,我们一直在玩停车游戏。

要我说,我的儿子是一个聪明、极为可爱、有趣和温柔的男孩。停车恰好是他最喜欢的游戏。我们都有自己喜欢但别人未必理解的东西。每年,我都要在电视上看威斯敏斯特犬展。我丈夫不理解我为什么喜欢看狗绕圈。我不明白这有什么不能喜欢的。玩停车游戏就是阿什的威斯敏斯特犬展。我有成千上万的其他事情想和他一起玩(狗展?),但如果我要做一个让他自主的母亲,接受他的喜好和愿望,以便他在自己选择的方向上成长,那么我就必须陪他玩停车游戏。

我在玩停车游戏时想的是还要多久才能不用玩了。这和我实际寻找停车位时的感觉一样,是一种原始的想要逃离的欲望。不过,和阿什在一起的这些时刻,我处于一种双重的痛苦之中。一方面是停车游戏的痛苦,另一方面是我知道儿子感觉到了他母亲的不开心,尽管他是个在情感上还不成熟、喜欢玩停车游戏的小家伙,但他在情感上已经足够敏锐去感知作为他所在世界中心的妈妈的情绪。只不过他并不明白为什么会这样。

正是在这种状态下,我起身给自己倒了些加冰的龙舌兰酒。喝了一两口后,我身体里抗拒的那部分开始平静下来。我可以放下自己的感受,继续玩停车游戏。我继续前行,继续当好一个母亲。

我知道这些话会引来许多指责。在我的上一本书中,我写了一个题为"硬膜外麻醉"①的章节,被《纽约时报》摘录了。虽然有些人喜欢它,写下了好评,但它还是引起了另一些人的愤怒。我记得有几个男人很生气,因为他们告诉我,这是我生孩子时签下的协议。一个人在网上对我说,他为他妻子的自然分娩感到骄傲。(我不知道他的妻子对此感觉如何,因为不管你信不信,妻子们似乎没有时间或没有意愿给一个陌生人发消息。)

一杯酒能帮助我。它帮助我放慢脚步,稍作喘息。它帮助我每天完成3个小时的停车游戏。不是吹牛,但我的手机上有一个计时器,知道自己一年花了1095个小时玩停车游戏。这杯酒能帮助我,因为我每天都感到挫败和焦虑,想要大喊,忍不住大喊,想要逃跑,要在我儿子害怕的时候表现得勇敢(即使我也害怕),安慰他(尽管我觉得自己也无能为力)。喝酒是我一直进行的无痛分娩,因为做母亲从某种意义上来说每天都在经历分娩。

---

① 无痛分娩采用的麻醉方式。——译者注

脚颂

努力做一个好妈妈，努力做一个好人，努力做一个好妻子，努力做好工作，努力成为一个健康的四十多岁的人，这是一段漫长的征程，注定屡战屡败。

有些战斗将永不停息，而有些战斗终将投降。

我已经对我的脚认输了。

我很确定在我生命中的某个时候，有一双正常的脚。光滑、正常的脚。也许，如果我可以自夸一下，我觉得它们甚至比正常的稍微好一点？我的意思是，明确地说，它们不是什么伟大的东西。我为它们感到骄傲，只是因为它们没有任何常见的"偏差"，尽管我讨厌这样称呼它们——没有拇趾外翻，没有奇形怪状的脚趾，没有锤状趾（不知道那是什么，但听起来很糟糕），也没有足弓塌陷（也不知道那是什么，但我想如果我有的话我会知道的）。它们只是普通的、好的，但我还是很高兴它们不在我担心的身体部位名单上。

但是现在我45岁了,我的脚简直糟透了。

你可能在高中时不得不读奥斯卡·王尔德的《道林·格雷的画像》,如果你没有读过,我强烈推荐你去读。这是关于一个英俊的年轻人的故事,他出卖了自己的灵魂,让自己的画像变老,而不是他自己。当他过着罪恶和放纵的生活时,他的真实面貌保持年轻,而隐藏在阁楼里的画像则像一支狰狞的老蜡烛一样衰老和腐烂,揭示了他的真实年龄。

重点是,我的**道林·格雷的画像就是我的脚**。它们不是藏在阁楼里,而是藏在我的鞋子里。如果看除脚以外的其他地方,你会看到一个看起来大约是她这个年龄的人,我想,她的所有身体部位都以大致相同的速度老化。

除了我的脚。

从正面看,我想,它们看起来……还可以。但是,脚底却像两块陈旧的司康饼。我的大脚趾上的皮肤在脱落——脱皮!而我的脚后跟看起来像火星表面的照片,它们布满裂痕,开裂、干燥,有着厚厚的老茧。有时它们会裂到流血,并且令我疼痛,逼得我不得不用创可贴盖住伤口。我很难知道这是否正常,因为这种脚肯定没有出现在任何杂志或广告牌上。没有人在他们的社交媒体上勇敢地分享它。我很抱歉说这些,但我绝不会对你撒谎,希望能够对你有所帮助。

对于我来说，脚为什么会变成这样是一个谜。我并不是说自己天天走在光滑的玻璃上。**是的**，我喜欢穿露趾鞋。**是的**，我不经常穿袜子。**是的**，我有时在家赤脚。但这些看似无害的小习惯真的是唯一的罪魁祸首吗？它们真的是造成这种破坏的全部原因吗？还是只是因为我到了一定的年龄，皮肤没有办法像以前那样再生了？

大约10年前，当我第一次注意到脚的这些问题，立刻惊慌失措地去看足科医生。就像米开朗基罗凿掉大理石上所有不属于大卫的部分一样，他削掉了所有的死皮（或者**我希望如此**）。这个过程让我的脚变得又红又痛。然后他给我的脚涂上了阿拉克丁（Amlactin），一种非处方的酸性乳液。他告诉我这是唯一有用的东西，不需要再做其他处理了，否则我就是在浪费宝贵的时间。如果你不熟悉阿拉克丁，但想在商店里找到它，请到乳液区，略过所有看起来但凡有一点可爱的东西，停在那些包装看起来像装着油漆稀释剂的瓶子前面——你找到了！

接下来他把我的脚紧紧地裹在厨房保鲜膜里，就是那种你在火车旅行时用来包三明治的保鲜膜。然后，他指示我穿上一双医用的白色棉袜。考虑到我过来的时候穿的是一双山寨的Birkenstock凉鞋，这种搭配确实不好看。他打发我回家，并嘱咐我尽可能每天晚上都要重复同样的步骤，直到……越久越好，最好是一辈子。

我讨厌穿着袜子睡觉。半夜醒来时，感觉脚要窒息了。这种感觉有些奇怪，因为我不知道脚是不是可以呼吸，但这就是我的感受。我试着按照医生的建议坚持了一周，但7天后，我意识到保持脚不恶心的过程本身就和我的脚一样恶心，甚至更恶心。所以我放弃了，但仍然希望（当时我30多岁，还有很多希望）这只是一个暂时的故障，可能是由于干燥炎热的夏季造成的。

切回到现在：

10年后，正如我在一开始时告诉过你的那样，情况更糟了，而我完全无能为力。当我的脚皲裂得很厉害时，有时候——再次说声不好意思，有时我会在看电视时忍不住撕脚皮，每当剥下一大块死皮时，我就会感到很兴奋。甚至有的时候我会进入一种忘我的状态，又抠又撕，把所有的小块死皮堆在地板上的一个隐秘的角落，等着稍后用吸尘器吸掉。啊，我想这已经不再是秘密了！我知道这不是什么体面的行为，实际上这么做很可怕。

然而，有一天阿什和我在他的房间里玩磁吸玩具，我没穿袜子。在建造一个车库的时候，他随口问我："为什么你的脚上有这么多伤口？"

我说："因为我的脚太干了。"

他伸手摸了摸我的脚说："你的脚感觉很硬。"

这句话让我震动。

你的脚感觉很硬。

我看了看自己的脚。

天哪,我想。我不喜欢把我的身体想成"硬"的。因为这并不是在说,哇,你的身体很结实,就像詹妮弗·安妮斯顿翘挺的屁股,而是说,你的身体正在变成木乃伊。

那天晚上上床后,我慌忙订购了磨脚石、去角质喷剂、更多的阿拉克丁和另外几种酸性保湿剂,这些商品都是在网上搜索"如何修复开裂极其严重的脚后跟"时出现的。我还买了一种酸性喷剂,用磨脚石前先喷上它。接下来的几天里,数量惊人的快递到了。很明显,在安眠药的作用下,有几样东西我不小心买了两份。唉。

在一段时间内,我全身心地投入到修复损伤的事业中。我先是喷酸,然后打磨,接着抹保湿霜,涂软膏,再用保鲜膜裹脚,最后穿上睡袜。整个过程至少需要20分钟,在漫长的一天结束时,这20分钟显得太久了。每天早上我醒来时都觉得少睡了20分钟,而这宝贵的20分钟本可以用来多睡一会儿。

经过几个星期的集中努力,我的脚却只有轻微的改善。一些原本不太糟糕的皮肤变得光滑了一些——但是最粗糙的地方仍然像以前一样,好像我小腿下面长了两个烤煳的英国松饼。

一天晚上，当我坐在浴缸沿上又一次往脚上喷东西时，忍不住想——我为什么要这样？这种仪式真的会让我的脚好起来吗？还是说我现在就被困在这种状态里了？（这是我中年后越来越常想到的问题：这个新鲜的破事儿是今天的，还是永久的？）更重要的是——我到底有多在乎？这值得我每天花费这么多宝贵的时间吗？明明我可以用这些时间来提升自己（比如读诗），或者甚至选择堕落（无休止地刷手机），至少这两件事都可以让我放松地躺在床上。

所以我决定放弃。我投降了。我举起白旗。这就是我现在的脚，它就是这个样子。如此简单地放弃对身体的一部分的执着，这种感觉并不真实，但老实说，这就是我的现状。我不能既培养儿子的灵魂，又打扫房间、给父母打电话、给选民寄明信片、用蜡纸脱唇毛、锻炼身体、写东西、跟上时事新闻，同时花上近半小时的时间来拯救我的脚。我必须放弃一些东西，而我决定放弃我的脚。也许是因为，就像道林·格雷的画像一样，它们可以轻易地隐藏起来。我的意思是，我一年中至少有四分之三的时间穿着匡威鞋，所以别人不可能看到我的脚。但每当我偶尔偷看它们的现状时，就会为自己如何背叛了这双带我一步步走到人生当下的脚感到抱歉。然而，我确实认为，也许这种变强、变厚、变硬，是一种形而上的进化，是身体和精神在我年过 40 后与自我要求进行的融合。我的脚变得更像——或许可以这么说——蹄子。但也许这是必要的。在人生的这个阶段，一切都变得更沉重了：我的责任，我的恐惧，我对什么能控制、什么不能控制的赌博，当然，还有我的身体。也许只有一副蹄子才能让我承担起这些重量。

万圣节神兽

阿什在过第一个万圣节时才四个月大。如果要估计我到底花了多少时间来挑选他的第一件万圣节服装,答案是大约一百万分钟。为什么需要这么长时间?首先是因为我觉得他穿上小熊装会很可爱,难道不是吗?我想给他穿上全身的小熊装,就像我看到的其他妈妈把小婴儿或者刚会走路的宝宝打扮成可爱的小动物(比如蜜蜂或锅子里的龙虾)一样。他已经是世界上最最可爱的宝宝了,但我还是控制不住自己,想要看看他那张完美的小脸儿从全套的动物服装中露出来的可爱模样。

衣服到了,它就像一件厚厚的毛茸茸的棕色滑雪服,由棕色聚酯毛皮和聚酯衬里制成。不顾阿什的反对,我把他塞了进去。他看着我。我拍了一张照片。他开始大哭。总共在里面待了两分钟,我就把阿什从衣服里掏了出来。我将衣服挂进阿什的衣柜。阿什不会再穿这件衣服了,甚至一开始他就没有真正穿过。

当你做了父母,万圣节就成了新的跨年。午夜时醉醺醺地与某人亲吻的压力被为孩子创造一个最好玩、最值得发朋友圈、糖果满天飞的快乐之夜的压力所取代。小时候的我很喜欢万圣节,但在我二十多岁还没有成为母亲之前,就开始讨厌它了。万圣节派对就像跨年派对一样无趣,但你还必须花费更多的精力才能参加。为什么我必须装扮起来才能去喝酒和亲热?此外,我讨厌成年人穿着奇装异服。穿着正常衣服的男人能够展现魅力已经够困难了,更何况打扮成波拉特[①]的样子。

当我三十多岁和迈克住在布鲁克林的高楼里时,我找到了过万圣节的最佳方式,那就是作为一个不穿万圣节服装的成年监护人参与其中,带领那些"不给糖就捣蛋"的小孩子。每年十月,你可以报名成为"欢迎来捣蛋"的寓所,然后在万圣节当晚的六点到八点,孩子们会从上到下扫荡整栋楼,活蹦乱跳地在走廊里穿行。那场景真是——没有其他的说法——可爱得要命。能让我在成为母亲的想象中感到兴奋的事情不多,但在一个凉爽的秋夜牵着我孩子的手,而他的另一只手里提着一个装满好时迷你巧克力——稍后都会钻进我的肚子——的塑料南瓜桶,这个想

---

① 美国喜剧电影《波拉特》的主人公。——译者注

法相当具有吸引力。

等我真当上妈妈后,许多社会上对父母的期望我都能轻松抛之脑后,只需要我给它们贴上过时或僵化的标签就没问题。但我始终无法摆脱想要创造一个经典的、有画面感的万圣节的渴望。

但阿什有其他的想法。

第二年,我们试图把他打扮成一个南瓜。我从亚马逊上订购了服装,它的主要组成部分是一个橙色的毡布袋,还有一顶代表南瓜柄的绿色毡帽。阿什不情愿地接受了毡布袋,但当他看到帽子时,便斩钉截铁地展现出了拒绝的姿态。可是,如果没有绿色的瓜柄帽,橙色的毡布袋看起来就不像南瓜,而更像是——一个橙色的毡布袋。没办法,我们要去参加一个朋友家的万圣节派对,他们家的孩子和阿什正好一样大,于是我们赶了过去。我们刚到地方,阿什就想离开。我拍了一张他看起来很不高兴的照片。我把这张照片存进了还在不断增加的名为"他看起来很不高兴"的照片合辑里,给自己抓了一把巧克力,然后带着我已经开始哭号的孩子回了家。哦,好吧,我一边往嘴里塞着迷你士力架抚慰自己,一边想着等明年阿什就会喜欢万圣节了。

第二年的秋天,阿什开始上学前班。他的新朋友们大多是两三岁的孩子,在九月的第二个星期就已经开始为万圣节做准备了。到了十月一日,很多小孩已经开始打扮成牛、老鼠和鬼魂的样子出现在学校。这些孩子对万圣节的热情与阿什的冷淡让我感到不安,但在吃了二十多块或者五十多块好时迷你巧克力后,我的心情开始好转。我把此前的失败归结为第一次他只是个婴儿,第二次他基本上也还算是个婴儿。到了今年,阿什肯定会喜欢上万圣节的。

我问他想当什么,他说消防员。**太好了!我想,不管他想扮成什么,只要在万圣节变得可爱就行了!**我又花了一笔冤枉钱,给他买了一套消防员的服装——一顶红帽子、一件黄色反光外套和一个小的红色塑料灭火器。

服装在万圣节前一天到了。我兴奋地和阿什一起"开箱",就像现在的年轻人那样。但当我从塑料袋中取出外套时,他就跑出了房间。"你不想戴一下帽子吗?"我说,假装只是轻描淡写地建议,实际上是在拼命地乞求。我找到他时,他躲在卧室里,然后又跑进厨房。在绕着整个房子追着他跑了好几圈之后,我屈服了,接受了万圣节的又一次泡汤。

第二天晚上,在阿什上床睡觉后,我熬夜等着上门要糖的孩子们。但我们住在一个安静的、有些偏僻的街区,所以并没有孩子上门。我上了网,翻看一张张朋友的孩子们外出游玩的照片。我看到在没有尽头的游行队伍里,到处都是蝴蝶翅膀和狮子的鬃毛,还有涂着彩绘的脸,以及穿着主题服装的家庭——一家子熊猫,一家子外星人,一家人扮演《绝命毒师》里的角色。每当我看到这些主题家庭造型,我的第一反应都是,这些人怎么能把事情做得这么……团结一致?我放大了一张穿着番茄酱瓶服装的学龄前儿童和他热狗造型打扮的腊肠犬的照片,而他的妈妈和爸爸则分别打扮成了芥末和薯条。当我关掉电脑时,心里有点不舒服的感觉。我继续独自坐在餐桌旁,从无人问津的糖果碗中拿糖果吃,思索着我们何时才能有一个正常的万圣节。就算阿什不喜欢万圣节,谁在乎呢?

显然,我在乎,我就是在乎。

也许这不是节日的问题。也许更多的是我担心我的儿子与周围的孩子不合拍,交不到朋友。我曾是一个孤独的孩子,直到快十岁才交到第一个朋友。我不知道怎么跟上其他人的步伐。我的父母辛苦地做着好几份工作,这让他们没有多少时间可以交朋友,所以没有为我们树立任何交友的榜样。我很害羞,课间休息的时候总是独自徘徊在操场上。多年来,我没有参加过"不给糖就捣蛋"的活动,或者朝着汽车扔鸡蛋,而是和家人一起,透过窗户观看格林威治村的万圣节游行。

我不希望阿什像我一样孤独。无论多少好时迷你巧克力,甚至是可瑞可巧克力棒,都无法冲淡我在这方面对儿子的愧疚感。作为他的母亲,我难道不应该知道他为什么不愿意穿上万圣节服装吗？为什么我不能安抚他？

一开始交到你手里的是一个新生儿，他只需要食物、换尿不湿和保暖。等他们长到两三岁，就开始体验悲伤、愤怒和快乐。等到了四岁，情绪的调色板变得更为复杂，他们还会感受到紧张、沮丧、背叛、兴奋。难道说当他成为一个更复杂的人以后，我就没有能力再妥善照顾他了？为什么我在这方面没办法做得更好？

十二个月后，我决定再试一次。我不想用力过猛，所以把这个想法小心翼翼地对他说了出来，好像他像蛋壳一样脆弱。我知道，对于我敏感的儿子来说，假装我自己对某件事情完全不感兴趣是引起他兴趣的最好方法。因此，当我们在玩火车的时候，我让其中一列火车和他说话。当我们正在进行关于煤和烟囱之类的普通对话时，我让那列火车非常随意地问了一句："万圣节的时候，你打算扮演什么角色吗？"

阿什（作为他自己）立刻给出了回答："我想演机器人。"

我差点死过去。我（以火车的身份）回答（再次，非常放松，几乎不感兴趣）："哦，那很酷。你想让妈妈买一套服装，还是你想自己做，或者——"

"我想自己做。"他坚定地说。

太好了。我感到如释重负。为了不让阿什听见我有多在意，我等到他上床睡觉后才告诉迈克："阿什想在万圣节打扮成机器人。"

迈克兴奋起来。"他想让我们买——"

"**他想自己做。**"

我们决定全家一起制作，这是一个家庭项目。我准备了一个可以套在孩子身上的大纸箱，迈克去了五金店，买了各种塑料的红灯、奇怪造型的螺栓、真空软管和绝对有毒的银色油漆。阿什和我选了一双银色闪光橡胶鞋来完成他的造型。我们开始动手了！

经过一个星期的忙碌，服装做好，可以试穿了。结果是显然的……很不逼真。我们在盒子上涂了银色的毒漆，在盒子顶部为阿什的头部开了一个大洞，并在两侧给胳膊掏了两个窟窿。

阿什小心翼翼地让我们把它套到头上，笨拙地绕着餐桌走来走去。我们没能想出如何把窟窿的边缘包一下，所以他的脖子和肩膀在移动时总是被硬纸板摩擦。迈克说，虽然不怎么样，但只用一个晚上应该没问题。这话靠谱吗？我只能说，必须靠谱。因为我们两个人谁都没有本事解决这个问题。阿什看起来非常不舒服的样子。

迈克和我紧张地对视了一眼，空气紧张得仿佛要爆炸一样。然而，阿什转过身来，对我们叫道："哔哔啵啵。"

我儿子成了个机器人，我简直要得意到天上去了。

我们的首次亮相将在邻近社区的一条零售街区进行，那里的每家商店都将在10月31日下午3点这个非常诡异的时刻开始为年轻的小捣蛋鬼提供大量糖果。两天前，迈克发现他不能请假，所以只有我和阿什一起。我对后面要发生的事情有点紧张，但阿什已经开始把他的服装放在床边一起睡觉了，这似乎是一个好兆头，就像我把手机放在枕头旁边一样，那是我最喜欢的东西。

对于在东海岸长大的孩子来说，集体的万圣节噩梦就是天太冷了，需要穿上外套，遮住你的造型服装，让一切努力都白费。但我没有预料到的是，这种寒冷版本的噩梦简直不值一提，因为洛杉矶10月末正处于气候变化的炼狱中。当我们上车出发时，气温30多度，阿什穿着他的小银鞋，机器人服装放在后备厢里，因为他穿着它就没办法系安全带了。我把空调调到最大，开车出发了。

到达目的地后，我把阿什放在炙热的人行道上。"你准备好了吗？"我问。他点点头。我屏住呼吸，把机器人箱子套在他头上。他满怀期待地看着我。接下来我们只需要走过三条街，抵达格伦代尔最好的购物区，完美地、可爱地庆祝这个最美国化的秋季节日。当我们走在路上的时候，一个路过的女人看到阿什蹒跚行走、纸板刮着他的脖子的样子，笑了起来。我们赢了。我们获得了万圣节的胜利，因为一个陌生人觉得我的孩子穿着机器人服装很可爱。

我们成功地跋涉到了商业街。街角的第一家店是一间不起眼的外卖咖啡馆。我已经多次带着阿什演练过讨糖攻略：必须说一句咒语——"不给糖就捣蛋"，然后就会有人递给你糖果，你要有礼貌地拿一块（或者两块，反正过节就是要开心）。我们在家里练习了很多次。

哔哔啵啵。

我牵着阿什的手进了咖啡店。吧台后是一位甜美的年轻女士，她身前是一个装得满满的糖果碗。显然，我们是最早前来的几个人之一。

"哦，嗨！"有人急切渴望地开口说话。啊，原来就是我。

"你好，这是谁呀？"她的声音甜甜的。

阿什犹豫了一下，什么都没说。

她从碗里拿了一根棒棒糖，伸长胳膊递给他。

"万圣节快乐。"她说，**像个不知道自己已经跑偏的怪物。混蛋，你应该等他说"不给糖就捣蛋"之后再给他糖果啊！**

阿什拿着糖果，停滞了一会儿，然后把它扔到墙上。他崩溃了，开始尖叫，是那种目击了凶杀现场时发出的尖叫，并挣扎着跑向门口。那位女士惊呆了，惶恐不安。她显然从来没有见过一个孩子因为别人递给他糖果而变得如此愤怒。坦白说，我也没有。"这不是你的错。"我一边对她说，一边赶着去安抚阿什，此刻的他正准备撞破玻璃夺门而出。在跑出去之前，我弯腰把糖果捡了起来。

我们跑到人行道上。我儿子看起来像被《驱魔人》里的孩子附身，他全身颤抖，不是在哭泣，而是在愤怒和恐惧中咆哮。"脱掉它！"他大嚷着，脸色通红。我把他的服装脱下来，两只手直抖。此时已经有其他家庭陆续经过这里，他们每个人脸上都挂着微笑（直到看到我们）。忍者，艾莎，安娜，莫阿娜。那些脸上没有笑容的孩子，看起来就像是准备打季后赛的勒布朗·詹姆斯[①]，露出了纯粹的专注和期待。

"**我想回家！**"阿什叫道。我们从车里出来才10分钟，而且我们又花了那么多时间去制作机器人服装，怎么能现在就回家呢？"阿什，"我对他说，"没事的，没事的。"

"**把糖果扔掉！**"他尖叫。

什么？

"**扔掉！！**"他开始疯狂地把手伸进我放糖果的口袋。他发现我不给他，于是开始用拳头打我。

我以前偶尔也见过阿什这样的反应。当他被惊吓到，即使是气球、蛋糕或玩具这类好的东西，他也想毁掉它。

---

① 美国著名篮球明星。——译者注

有一个假日，我母亲非常好心地送了他一件T恤，当他打开包装看见里面的东西后，立刻就把它扔进了壁炉（虽然壁炉里没有火，但这件事也太戏剧化了）。但即使在他最糟糕的时候，我也从来没有见过他如此持续疯狂的举动。

年轻的狂欢者和他们的父母正成百上千地从我们身边经过。许多孩子打扮成机器人走过，有些带着闪光灯和复杂的电线，看起来只有麻省理工学院毕业的人才能完成。我蹲在人行道上，旁边是阿什，我没法让他坐在我腿上，我们旁边的地上是他的服装。

然后发生了这样的事情：

一个男人和他的小儿子都打扮成了暴风兵，经过我们时，父亲正在拆一块口香糖的包装纸。经过时，他把包装纸直接扔进了阿什服装头部的孔里。我整个身体被白热化的愤怒占据了。这个混蛋是在取笑我们吗？

"你他妈在干什么？"我冲他吼道。我浑身是汗，准备大打出手。他先看了看我，一脸困惑，然后看了看我歇斯底里尖叫的儿子，再看了看服装。他的眼睛因为真正的尴尬而瞪大了。

"我非常、非常抱歉，"他指着那个银色的盒子说，"我以为那是垃圾桶。"他和他的儿子匆忙离开。

他以为——我们的机器人服装——看起来像——垃圾桶。

他这么一说,我也发现了。它是长方形的,灰色的,上面有一个洞。

我不小心把我的儿子打扮成了……垃圾。

我真想把自己千刀万剐。

我抱起阿什和我们的纸板垃圾服装,把它们一起带回了车上。我们开车离开了万圣节活动现场,阿什的呼吸还因为他刚才的"驱魔人时刻"而急促不已。**"我是垃圾!"** 我一边踩着油门,一边对自己大喊。我是个垃圾妈妈,我知道这一点,因为我肮脏的秘密是,我几乎从未真正觉得自己像个妈妈。对我来说当妈妈一直有点像是角色扮演,而阿什的存在就是我永恒的装扮。

第二年的10月,阿什转到了一所新幼儿园。他很喜欢,我们也很喜欢,一切都很棒。到了10月中旬,无可逃脱地,学校发了一封电子邮件,讲了讲他们的万圣节游行计划,所有的孩子和家长都被邀请穿上扮演服装在街区巡游。他在这里才上了两个星期的学。我该怎么办?我发愁地问迈克:要不那天就干脆别让阿什上学了吧?迈克告诉我别发疯了。我告诉他,也许他没有资格评价我的精神状况,因为他完全错过了一个"暴风兵"把垃圾扔进我们的道具服装里,而我尽力拦着我们的孩子不要自我伤害的时刻。

迈克认为我们应该问问阿什想做什么。

我和阿什又进行了一次"不经意"的对话,这次我们两个人都在以毛绒猴子的身份说话。记住,随意性是很关键的!

"你知道学校要举办万圣节游行了,每个人都会穿上他们的道具服装吗?"我的猴子用平淡的语气说道。

"我不上学,"阿什的猴子说,"阿什上学。"

"对,是的,这就是我的意思。"我的猴子回答。我不小心对上了阿什的眼睛。

"我必须穿道具服装吗?"阿什问(不是作为猴子)。

"不,你不必。"我回答。我已经在想这两只猴子聊完后我要吃多少阿普唑仑了。

阿什想了一秒钟:"也许我还要当机器人。"

你可能会想,不可能,他们不可能还留着那套机器人服装。那么你最好坐下来缓缓,你可以猜一猜是谁保存着它,把它放在一个架子上,旁边是旧的婴儿熊服装?我的意思是,谁会不把令她触景生情的万圣节失败服装放在衣柜深处呢?

10月31日,我们开车送阿什去学校,他的机器人服装又一次被放在后备厢里。大多数孩子都已经穿上了他们的万圣节服装。我把盒子放在他的储物柜外面,同时急切地拦住他的一位老师莎朗。"阿什可能不会穿他的服装,"我低声在她耳边说,"请别往心里去。""好的。"莎朗说,使用那种面对那些自以为成功隐藏崩溃内心的父母时的平静语调。我走到外面,在门口等待游行开始。孩子们越来越多,那些小瓢虫、鬼魂、彩虹和他们的父母一起拥入学校,孩子们兴奋得像在70年代著名夜店"Studio 54"里吃了兴奋剂一样。我往阿什的教室里偷看,但有一个孩子打扮得像个停车标志,挡住了我的视线。

上午9点整,孩子们在老师的带领下一个班接着一个班地走了出来。阿什的班级是最后一个。我屏住呼吸,不停地在心里默念,如果他做不到也没关系。我们就做自己。

突然,他出现了,我的小机器人和另一个打扮成蝴蝶的男孩亨利手拉手开开心心地走着,虽然有点跌跌撞撞。他看到了我,挥了挥手。

哔哔啵啵。

我简直要飘起来了。

当我们在其他孩子和家长的簇拥下绕着街区巡游时,我可以看出阿什非常自豪。这是他的第一次巡游。他身处其中,向前行进,成为活动中的一员,和他的朋友们快乐交谈。我和其他的家长一起陪着孩子们前行,同时努力地寻找闲聊的话题,以填满这漫长且缓慢的巡游。我没有办法不去回想那些旧日创伤的幽灵可能随时会突然回到我儿子身上。但阿什只是轻轻地、静静地拉着我的手,而我只是跟随着他的脚步。

小书

阿什一直对新事物非常警惕。我怀疑这可能直接归因于我悲观的基因,虽然很难说他天生的怀疑态度有多少是出于偶然,多少是源自犹太人的创伤。不管是什么原因,他从出生起就这样。他总是很难适应新环境。他在尿布台上很开心,在地上爬也很开心,但从一个地方到另一个地方的转换过程却会引发他过度的焦虑。穿连体衣没问题,光着身子也没问题,但穿上或脱下连体衣的过程却经常伴随着不间断的尖叫。

阿什对转换的厌恶一直延续到幼儿期。其他孩子可以马上投入游戏,而他总是要抱着我至少20分钟才能安定下来。而且他明确表示,我绝对不能离开他的视线超过八分之一秒。如果我违反这条规则,即使只是快速去一趟卫生间,也会得到他的眼泪,或者打在我腹股沟上的一拳(他的身高正好够得到那里,所以听起来虽然没那么糟,但实际上也确实有一点），甚至两者兼备。

说实话，我也不喜欢转换。

阿什两岁的时候，我们买了一栋离我们租住的房子几个街区远的房子。想到儿子的小小世界将要彻底改变，我心里就很焦虑。想到连我自己都觉得搬家让人不知所措，就更担心他难以应对。而光是想到这一点，就能让我更加不安。

我决定和我们幼儿园的主任莎拉谈谈，她总是慷慨地提供促成事情积极发展的建议。尽管她已经很清楚了，但我还是对她解释了转换对阿什来说有多么困难。因为阿什上学的过渡期就需要让迈克、我们的保姆或我在头一个月里陪他一起去，通过每天提前一分钟离开来帮助他适应。

"我觉得你可以试着给他做一本小书。"她说。

她解释道，对于小孩子来说，在事件发生或变化之前制作一本小书，将"将要发生的事情"分解成简单、容易理解的部分是一种非常有用的方法。

"有多简单？"我问道。

"非常、非常简单。"她回答道。

我试着听从她的建议。我胡乱地把几页白纸钉成了一本小书。在用记号笔写字之前，我认真地在电脑上打了个草稿，准备发给莎拉请她确认。草稿大约有好几页长，包含了阿什需要知道的所有关于搬家的信息，详细描述了搬家的过程,还包含了很多我在回顾中对这件事情的感受。我把草稿发给了莎拉,她迅速而礼貌地回复了一条信息,大意是:呃,不是这样的。她主动提出帮我写这本书(可能是察觉到了我完全没有能力),并要了几张我们家庭的照片。

第二天,她发回了一份可打印的PPT文件,内容如下:

我们家要搬到新房子了。有些东西会保持不变,有些会有所不同。我会有同样的婴儿床和玩具,但我会在一个新的房间里。我迫不及待地想和爸爸妈妈在新房子里玩耍了!!

这就是整本书的内容。

我很震惊,竟然这么简单。它不需要更多内容吗?我应该提前多久给他读呢?

"不需要更多内容,"莎拉说,"你可以在搬家前大约三天和他分享。孩子们不会想得那么远。不要太早告诉他。"

但他不需要更早开始担心这件事吗?(我没把这话问出口,虽然我是这么想的。)

我告诉她,我们搬家当天的计划是,搬家公司会在阿什上学后到达,这样等他放学回家时,就会到新家了。

"阿什需要放学后来老房子道别吗?"我问,像个彻头彻尾的白痴。

"不需要。"她说，并给了我一点时间，让我意识到，我一生中搬家时举行那种伤感地环顾即将离开的家的仪式——把头靠在门框上大约10分钟，感谢它给我的一切，然后最后一次走出去——可能不是孩子需要或想要的。

三天后我们就要搬家了，当我们开始惯常的睡前阅读时，我拿出了那本小书。我准备好了面对眼泪、一百万个问题、深刻的思考、愤怒以及各种情感。

我读了那本书，只用了一分钟。他看着我。

"你有什么问题吗？"我问。

"我们再读一本书吧。"他说。

就这样完了。

我们搬家了。这本书似乎发挥了它的魔力，因为搬家那天他几乎没有受到什么影响。或者至少他不需要像我们认识的某些人①那样，整天喝酒来缓解压力。

于是，我发现了生活的秘密就在于这些小书。

过去几年里，我写了很多小书。一开始只是为了教育

---

① 正是在下。

孩子，后来变成了对我自己的一种冥想挑战：把任何可能引起焦虑的情况，用最平静的俳句解释。在处理让儿子焦虑的事情时，我也会深入剖析自己的焦虑根源。在试图找到让他平静的方法的同时，我也被迫探寻这些年来（几十年？）有什么东西能够减轻我无尽的焦虑。我使用一种不同的风格来写作：如果我是一个天生平静的人，我会怎么说话？答案是——不像我自己。这也是为什么当妈妈（对我来说）感觉像是不断穿着不合身的戏服。很多时候，做父母意味着尽可能地表现出稳定、冷静、自信、不害怕的样子。而我很少能做到这一点——甚至很少能感受到这一点。而这些小书，以及为这些小书所做的准备工作，让我有足够的时间和空间，真的去扮演一个真正相信一切都会好起来的人。

有一段时间，我决定给小书加入绘画，而不是插入照片。主要是因为我的打印机经常缺墨，同时也因为，在为细节苦恼时，画画会让我放慢速度。每本小书的创作都是一段微型的情感之旅。有时只是轻微的颠簸，有时则是剧烈的动荡。但无论如何，我都将自己的灵魂倾注在这些书中。

阿什三岁的时候，我写过一本关于坐飞机的书。所有的航空公司都规定，一旦孩子满两岁，他们就不能再坐在大人的腿上，起飞和降落时必须坐在自己的座位上。阿什两岁生日后,有一次我们不得不坐飞机。出发前,迈克阴沉着脸告诉我,他在一次工作旅行中,亲眼见到一位母亲在起飞前被从飞机上赶下去,就因为她无法让自己三岁的孩子坐在自己的座位上。我告诉他,如果阿什坐在我旁边,我相信他不会有事。我知道我在本书中已经说过好几次了,但还是要再重复一遍:我是个白痴。

等我们上了飞机后,我无论如何也无法让他坐在自己的座位上。他紧紧抱着我,像一只惊慌失措的小考拉。我越是想把我俩分开,他就越是紧张。飞机开始滑行,而我已经汗流浃背。乘务员走了过来,问我可不可以让他坐回自己的座位。我说我觉得不行。"他多大了?"她问。然后——我并不为此感到骄傲——我直接撒了个谎,说他"22个月"。这简直太蠢了,因为她很容易就可以核实并戳穿我。我想我们都知道,如果有什么是空姐讨厌的,那就是乘客的瞎话。但她没有核查。这是她的善意,还是我们的运气或白人特权?很可能是上述所有因素的混合。

一年后,我们准备再次飞往东部探望父母。我在半夜醒来,想起了那个被赶下飞机的母亲。想到可能会因为这种事情而不得不取消这么多计划,让孩子的祖父母失望……我实在难以接受。于是,我开始写一本新的小书,就好像我的命都押在这本书上了。

书的内容如下:

我们要坐飞机去纽约了！机场很大，从窗户可以看到飞机和帮助它们的卡车。起飞时会有一些有趣的小颠簸，但我们可以从窗户看到云彩！降落后我们会一起下飞机，然后坐车去我们的酒店。

我添加了我们全家上车的插图，然后画了我们到达捷蓝航空售票柜台的场景。我已经发展了一套绘制我们家庭的简笔画。阿什是一个微笑的小男孩，有一个蘑菇头发型。迈克是一个方下巴、戴眼镜的男人。我画露西，我们的保姆，是扎着马尾辫微笑的样子。而我则是一个戴着眼镜、头发乱糟糟的小椭圆脸——有点像约翰·列侬著名的自画像，但没那么童趣，显得更神经质。

作为一个坐飞机必须服用一匹马用的剂量的阿普唑仑，并且从到达机场那一刻起就不停喝酒直到下飞机的人来说，这本小书并不容易写。我几乎用了和乘飞机时一样多的药物来画飞机。

就像那本搬家书一样，当我提出给他读这本书时，阿什很感兴趣。而当我读完后，他显得无动于衷。然而，在这种情况下，真正的效果要等到我们上了飞机才会清楚。

我确实不喜欢剧透，但他不只是成功坐了飞机——**剧透警告：他还得到了一对翅膀**。我甚至不知道他们现在还发这些东西，但这本书确实奏效了！看，这就是捷蓝航空，翅膀不是我小时候那样的别针，只是一张泡泡贴纸，但**我们把那张贴纸保存在一个小盒子里**。我清楚地知道它在哪里，我们会永远留着它。

我的第一本小书《搬家》的成功感觉像是靠运气，但这本续作《飞机》的胜利让我感觉自己真正像个巫师。我不知道是否有个德语词代表着"育儿高潮"。也许不该有这个词，因为这两个词不适合搭在一起。但你明白我的意思，我全身心地投入到小书里了。

当然，随着他逐渐长大，这些小书变得更复杂。生活的节奏不再像幼儿期那样简单重复，而是变得更丰富，此外还穿插着各种意想不到的情况。

阿什四岁的时候，我注意到他似乎比平时更爱流口水。他一直都很爱流口水，我习惯给他戴上漂亮的小围嘴。但是当其他孩子似乎都在逐渐丢掉这个习惯时，我却继续看到小水滴落在他的画上。我们带他去看了小儿耳鼻喉科医生，医生用鼻腔镜查看他的鼻子，告诉我们他可能需要摘除腺样体。我甚至不知道什么是腺样体，但显然它是某种类似扁桃体的部位。阿什的腺样体已经肿胀了，迫使他要用嘴呼吸。这位非常善良又耐心的医生说，这不是紧急情况，但随着时间的推移，为获得足够的氧气所做的努力可能会对孩子的发育和健康造成一定影响。显然，如果一个人一直都无法完全呼吸，肯定会引发一些后果。他向我们保证，切除腺样体的手术很常见，属于门诊手术，但确实需要对阿什进行全身麻醉。

他才四岁，我和迈克不希望他接受任何麻醉。但是，在花了几周时间做了大量甚至过度的功课后，我们不得不承认一个事实，那就是必须做手术。我努力平复自己快要心脏病发作的心情，给预约的人打了电话。

两个月后，我着手开始写下面这本小书。

星期二，我们要去看刘医生，那位有趣的鼻子医生①，他会为你做手术，帮助你不再总是鼻子不通气。我们会一起去。我们会跟他说你好，然后他会带你到一个特别的房间，给你一种特殊的药，这种药会让你睡一小会儿。

我画的阿什躺在一张小桌子上，脸上带着微笑。

当你醒来时，爸爸妈妈会在你身边，带你回家，我们会吃巧克力冰激凌。

我在手术前三天的晚上给他读了这本小书。他接受了这

---

① 刘医生对小孩子有一种极佳的幽默感。他们第一次见面时，他问阿什是否可以看看他鼻子里的鼻涕虫，阿什笑得前仰后合，此后在家里，我们谈起刘医生就像谈起喜剧演员理查德·普赖尔一样。

些信息，再次神奇地毫无忧虑。我们聊了一会儿，对刘医生独特的幽默天赋表达了共同的赞赏，然后继续做别的事情。

我没有写进这本小书的部分是，当我想到我们要带他去医院换上病号服，然后把他交给刘医生的那一刻，我就紧张得全身紧绷。他现在已经能够在飞机上从我身上离开，但我无法想象我们要把他留给一个陌生人，走过寒冷、可怕的医院走廊，进入手术室。想到他可能会害怕并哭喊着叫我，甚至可能需要被按住才能麻醉，这对我来说太难了。我打电话到医院办公室问他们通常如何处理这种分离时刻。"如果你认为你的孩子可能会特别焦虑，"他们说，"我们可以在他还在你身边时给他一份镇静糖浆。"我嘴上说我觉得这不会有什么坏处，但心里已经在尖叫，**我们当然需要镇静糖浆，给我们两个人都来一份该死的糖浆。**

手术当天早上，我们四点半起床，按照指示在预定手术时间前四小时到达医院。同样按照指示，阿什从午夜开始就没有吃喝东西。我原本以为他会饿并且烦躁，但奇迹般地并没有。我们去了礼品店，他选了一本《汽车与驾驶》杂志翻开，而我则在脑海中不断想象小书里的画面，想着我们回家后一起吃巧克力冰激凌的情景。当我们的名字终于被叫到时，我们跟随护士走进更衣室。阿什换上了他的小病号服和袜子，刘医生和麻醉师进来打了个招呼。刘医生留下了一小杯剂量的糖浆，说他很快就会回来。

阿什喝下糖浆，十分钟后，正如预料的一样，他变得醉醺醺的。刘医生回来后果断地说："好了，走吧，待会儿见！"然后把他扛在肩膀上离开了。阿什的脸对着我们，我能看到他傻傻的笑容，直到他们消失在拐角处。迈克和我对视了一眼，我们一起走向候诊室，在接下来的半小时里默默地坐着，盯着时钟，一言不发。

一切顺利，就像我的小书所说的那样。

感谢上天赐我小书。

九月，当我们回到幼儿园时，他分到了一个新班级，孩子很多，有点混乱。一个星期后，他开始在夜里告诉我他不想去上学，他以前从没这样过。

在我们刚开始寻找幼儿园的时候，我们还参观了另一所学校，那是一所美丽的蒙特梭利学校，校舍建于二十世纪五十年代。教室里的孩子们安静地做着小"工作"——他们对活动的称呼。[①]实际上，这里太安静了，让我觉得有

[①] 我仍然不完全理解他们为什么要把活动称为"工作"，但如果说我对幼儿园有什么认识的话，那就是每一个幼儿园都至少有一件事让你怀疑，他们为什么要这样做？如果这些事少于五件，那可能就是一个还不错的幼儿园。

点诡异。但在课间休息时，可以看到孩子们在跳跃和奔跑，玩得很开心。我还观察了一个音乐课堂，音乐课的老师是一个热情的年轻人，不知道他是如何做到让一屋子的学前儿童一起用木琴演奏一首歌。我觉得这是最适合我儿子的学校，但当仔细阅读他们的小册子时，发现他们要求孩子接受过如厕训练才能入学。而当时我们还没做到，所以不得不放弃。不过，我从未停止过对这所学校的向往，即使后来我们去了另外一所非常好的幼儿园，那里有非常好的人，愿意在两年时间里为他换尿不湿，帮他擦屁股。

但随着时间的推移，每次我送他去学校时，阿什都会紧张地把衬衫咬在嘴里。我知道是时候做出改变了。他已经接受了如厕训练。我们能做出改变，不是吗？

我开始制作那本小书。在我写出的所有小书中，他对这本书的潜在反应最让我害怕。即使现在的幼儿园不再是完美的选择，但它一直是他记忆中的第二个家。那是熟悉的地方，而熟悉是我们最喜欢的感觉。当我画出新学校，画出我带他走进教室时，我感到无比恐惧，回想起当初让他第一次适应上学是多么艰难。

我写了那句我写过无数次的话："有些事情会保持不变，有些事情会有所不同。"我列举了会保持不变的事情——他的书包、我们送他上学和接他回家，并轻描淡写但真实地提到了会有所不同的事情，这其实占了大部分内容。我画了一些长在校舍外的小花。

我确信他会很不高兴。如果他说不呢？然后呢？我该做什么才能化解这个局面？有没有一本小书是关于如果你给孩子写了一本关于转学的书，而他紧张崩溃了该怎么办？**谁会为我写本小书？**

在告别旧学校的前一天下午，我告诉阿什我想给他读一本特别的小书。我们坐在沙发上。

我读道："明天是你在学校的最后一天。明天之后，你会去一所新学校。"我屏住呼吸。他等待着，沉默不语。我继续讲着那些会保持不变的事情，以及那些会有所不同的事情（其中最好的是每次我们进学校，他不会再因为焦虑咬他的衣服）。

终于，我讲完了。

他没有问任何问题。"我们去玩磁力片吧！"他说。

没有什么比读完一本小书后阿什波澜不惊的感觉更好了。这意味着我已经做到了。我已经找到了安全的俳句。至少未来生活的某些方面已经变成了一个可以消化的故事，一个开心的故事——或者至少，一个足够开心的故事。有开头，有中间，有结局。未来有了坚实的基础。

有些事情会保持不变，有些事情会有所不同。

我们第一天去新学校是在十月中旬。焦虑的我对第一次送他上新学校感到非常紧张。但阿什从第一秒开始，就很喜欢他的新学校。他喜欢做那些小工作，喜欢音乐课，喜欢他的老师。在几个星期内，我可以看到他在那里茁壮成长。

他回家后会谈论"落叶林"。他喜欢每天早上老师选出一个"今天的小主人"，请他做一些特别的工作，比如走到外面，给其他同学报告天气情况。在洛杉矶，天气报告每天都差不多（"今天阳光明媚"），但他很喜欢做这件事。我喜欢把他送到那里，给他我们特别的拥抱，看着他骄傲地透过窗户挥手——为自己可以平静地说再见而感到自豪。我喜欢挥手的那一刻，也喜欢看到他转身去找朋友玩的那一刻。能在他不知道我在看他的情况下看到他，这是一种莫大的快乐——那一瞥让我觉得我真正看到了他，在这个世界上逐渐成长。

三月的第二个星期，病毒大流行彻底颠覆了我们的生活。学校突然关闭，阿什回家了。我们以为只会持续几个星期，也许一个月，但其实谁都不知道。这种不确定让我们感觉脚下的地面像在融化。有人通过电邮给我们发了一本儿童用的小册子，讲述冠状病毒，上面画了一个拉着旅行箱、带着笑脸的刺突蛋白。

"我是冠状病毒，我喜欢旅行。"我在床上给阿什读，试图让自己听起来很平静,尽管实际上我能感觉到自己的胃在下坠,掉到了地板上。我们读完后,阿什沉默了一会儿。然后,他有史以来第一次抓起书,愤怒地把它扔到房间的另一头。

从三月到六月,他没有和小伙伴一起玩。五月时,显然这个学年已经宣告结束。到了七月,显然下一学年也不会开学了。他再也回不到他那迷人的小天地去了。

你能说什么呢?你能写什么呢?

九月,我做了一本新的小书,讲述我们将如何在家里的后院上课。我不知道如何正确地画出蒙特梭利的校舍,所以我从他们的网站上打印出一张照片,在把它贴到纸上时忍不住哭了。我还另外画了三个孩子,他们将成为这个学习小组的一部分,阿什不认识他们。他们是我同事的孩子,是我们这些认同防疫措施家庭的后代。

当我给他读这本书时,我并不担心他的反应。我知道他渴望上学、渴望学校生活、渴望一位老师。

我想到在我生命中的许多时刻,都希望有这样一本小书。一个简短而简单的指南,告诉我即将发生的事情,什么会保持不变,什么会有所不同,以及如何不同。或者至少有一些基本的说明,告诉我变化的比例可能是多少。

我最初认为这些小书是一种禅宗练习——尝试自信地、

不加评判地写下未来的样子。但现在，在病毒大流行的情况下写作，让我意识到，在我制作小书的整个过程中，太专注于把所有东西都简化为"安全的俳句"，以至于有时会忘记每本小书都有一个前提：我们对于即将发生的事情一无所知。仅仅是写下某个版本的未来，这些小书实际上更像是纯粹的信仰的产物，断言某些已知的现实即将到来。

在纯粹信仰的乐观主义和纯粹禅宗的放手之间，存在着我认可的良好的养育之道。也许，这也是良好的生活之道。而在此之外，人生可能就要面对各种痛苦。

但我们的孩子至少需要我们不成为虚无主义者，对吗？我们必须相信某些东西，还必须以某种方式告诉他们，不论发生什么，事情都会好起来的。

我们怎么能既希望事情以某种方式发展，同时又不要求它以那种方式发展呢？

在我写这篇文章，而且就是你正在读的这一段的时候，已经五岁的阿什走过来对我说："我担心。"

我：担心什么？

他：担心要发生的事情。

我：（惊慌失措）什么事？

他：我不知道，就是要发生的事情！没有人知道！

我从未见到他对未来有这样一种笼统的焦虑。他变得越来越像我了。

"嗯,"我说,"这是真的。没有人真的知道未来会发生什么。"

他看着我,惊讶于我没有说更多安慰的话。我也被自己惊到了。我一边支吾着,一边试图想出更好的话。

"爸爸妈妈确实知道一些将要发生的事情。"我说。

"比如说?"他问。

"嗯……我们知道我们会一直爱你,我们会一直是一家人。"我说。在我说这句话的时候,我知道它不是我儿子想要听到的回答。他想知道,我还能向他保证什么。我绞尽脑汁,试图想起我最喜欢的奥普拉在"我确信的事"专栏中写下的一些句子。

那天晚上,我躺在床上想这个问题。真的有真正的小书存在吗?

我们还活着。

有一天我们会死。

有些事情会保持不变,有些事情会有所不同。

在黑暗中,我想,要是我们死后,一切都不同了,没

有什么会保持不变,怎么办?(这是个可怕的想法)

然后我想,我能写点什么才能让每个人都感觉好些呢?也许是:

"一切都将不同,除了爱。爱将会永远不变。"

归来

英雄之旅的最后一段,被坎贝尔称为"跨越回归的门槛"。在这个阶段,英雄想着干脆不回家的可能性。既然已经走了这么远的路,付出了这么多的努力,为什么还要回到一个不认可自己,也不欣赏自己所学到的东西的世界呢?

坎贝尔解释说:

> 归来的英雄遇到的第一个问题是,如何把……生活中流逝的欢乐和悲伤、平庸和喧闹当作真实?为什么要重新进入这样一个世界?为什么要试图让满怀激情的男男女女对这种经历感到可信,甚至感到有趣?……归来的英雄要完成他的冒险,就必须经受住世界的打击。

母亲的身份会让你不可避免地、深刻地改变,你可能会与从前相似——或许吧——但你永远不会完全一样了。有些变化很容易接受：我个人非常喜欢现在不再在乎那些年轻时担心的蠢事的感觉。其他的变化则需要更痛苦地适应。

与此同时，你也意识到，当你试图从"妈妈的世界"或"中年世界"（或两者兼而有之）重新回到正常生活时，你会被视为怪异、脾气暴躁或固执的，甚至可能是以上所有。这种时候，你会不会想干脆不要回去了呢？

英雄之旅的结尾就像火箭重新进入地球大气层。它必须燃烧，碎片烧焦并脱落。当你坠入海时，已不再是离开时的模样。当你起飞时，助推器在燃烧，推动着新生命从你体内冲向地球轨道，控制中心的所有人都站起来为你鼓掌。

但归来更像是自由落体。降落在海洋中的火箭已经不像离开时那样。它是一个小小的舱体，一个烧焦的壳。翅膀没有展开，降落伞笨拙地坠入水中，像折叠起来的蝴蝶。剩下的这个金属外壳，只是曾经残余的一部分。然而——它是去过太空的那部分，见鬼，这已经很了不起了。

仅仅生存就是成功。

在成为母亲的过程中，我不得不抛弃很多东西——我的日常习惯，我标志性的服装。现在的我与一个小男孩分享空间，因此我的精神容量从一个体面的三居两卫公寓变成了一个小小的单间公寓。虽然空间狭小带来了一些缺点，但好处是我能清楚地知道什么可以进来，什么不能。

一些我容纳不了的事物

哈里·斯泰尔斯（英国男歌手、演员）：我无法为哈里·斯泰尔斯腾出空间。在斯泰尔斯的热度愈演愈烈的头几年，我想，这是"单向乐队"里的那个家伙？这肯定不太对劲。然后，他开始打扮得像我们妈妈在70年代遇到的最疯狂的朋友，结果人们似乎变得更加兴奋了。全世界都在要求我了解哈里·斯泰尔斯并关注他，但我一直在抵抗。在我写这些话的时候，整个世界都在谈论他在2021年格莱美奖上的表演，他唱了他的歌曲《西瓜糖》(*Watermelon Sugar*)。我看穿你了，哈里·斯泰尔斯，这首歌是关于性爱的，**我看穿了**。他穿着皮质喇叭裤和皮质上衣，没有穿衬衫，看起来确实不错。然而，他脖子上还围着一条绿色的羽毛围巾，这对我来说太过了。他在表演进行到一半时摘掉了它，但那时印象已经形成。我不禁想象他们在选择围巾之前肯定进行了讨论，很明显他想要一个扔掉围巾的精彩瞬间，很可能有一群造型师为他预备了多个选项。但对我来说，这太油腻了。

我对他的戒指也有类似的感觉。一直以来，我对戴很多戒指的男人都有点反感。这不是说我在评判别人，我确实认为这可能看起来很酷,但我无法摆脱一个画面,就是他们早上一个个戴上戒指,晚上一个个摘下戒指的样子。这太尴尬了,让我想要躲到床底下。

不过,更深层次的原因是,当我看到哈里·斯泰尔斯时,我满脑子想的都是我 21 岁时会有多爱他,以及我确信他会深深地伤害我的**感情**。但从我现在的角度来看,我所能想的只有:对不起,我不会爱上他的。对不起,我不会上当的,哈里·斯泰尔斯。我不会像查理·布朗一样去踢足球,因为我知道露西每次都会把球拿开。[①]我的意思是,如果你有机会坐上斯泰尔斯的旋转木马,我相信那一定会是一段美妙的时光。我知道暗恋明星应该只是一种幻想,但说实话,我根本无法承受这个家伙即使在幻想中也拒绝我的隐秘感情。

我现在根本无法对 30 岁以下的人产生好感,说实话,48 岁是我的底线。目前,我喜欢得最久的偶像是安迪·斯拉维特,他是拜登总统的前首席新冠顾问。在一场残酷的天灾人祸中,他在推特上冷静地向我们传达理性信息。每次看到他发布已经接种疫苗的美国人的数量时,我都会想,他有妻子吗?[②]

---

① 美国漫画家查尔斯·舒尔茨《花生漫画》里的情节。——译者注
② 我上网搜索了一下,他当然有。

比莉·艾利什（"00后"美国女歌手）：首先得说，我知道14岁的我会**迷恋**比莉·艾利什。或者至少，我认为我会痴迷，但我不能确定，因为我没有听过她一首歌。我知道这可能是我的**损失**。然而——在我破碎的脑海里，根本没有空间容纳比莉·艾利什。她无处不在：在《名利场》的封面上，在许多我喜欢的小网站上，还有在哈里·斯泰尔斯唱着关于西瓜的歌曲的格莱美颁奖典礼上。当我看到她的绿色头发和长指甲以及网状的衣服时，我觉得我们好像在不同的星球上。需要明确的是，我很清楚她所在的星球确实是地球，而我所在的星球现在却是那个需要在完美的夜晚、没有光污染的情况下才能看见的光年之外的星球。重点是，我不能再接纳比莉·艾利什了。我现在正处于中年焦虑的旋涡中，而不是青春期焦虑中，没有什么比怀念年轻时的焦虑更能让我现在的焦虑飙升。

TikTok：在TikTok出现之前，我已经落后了大约20个社交媒体应用程序。大概在Snapchat流行的那个阶段，我就知道自己确实跟不上了。我从未对不再下载哪个新的消息应用程序或新的公开社交工具感到遗憾。这些对我来说没有那么有趣，或者最多，它们都似乎与我已经拥有的应用程序类似？我的意思是，一个人需要多少不同的应用程序来告诉伴侣,**别忘了买孩子的湿疹膏?**[①]

然后TikTok出现了,就像斯泰尔斯和艾利什一样,人们似乎对它很**激动**。我并不是老到对骚动没有好奇心的地步,所以我想也许我会快速浏览一下这个应用程序。果然,人们在里面似乎玩得很开心。有很多人们穿短裤跳舞的内容,这确实很有趣。然而,我完全不理解它,而且我永远不会加入。感觉它有点像一个我没有被邀请参加的派对,尽管从技术上讲我们都被邀请了;更准确地说,我感觉它像一个我不应该被邀请的派对。我只能看大约3个视频,然后就退出,目瞪口呆。这些人怎么能一直以这种**能量**水平**表现**他们的生活?在人生走了45年将近46年的时候,我已经觉得这有点表演过度了,也许是因为过去几年的非TikTok生活——尤其是作为母亲,并且假装知道自己在做什么的这段时间——感觉像是一场冗长的、无休止的表演,所以我很高兴在任何可能的时候不去表演。

这使我对目前的旅程感到深深的感激:一旦你像普通母亲那样身心俱疲,丢弃你年轻时的虚荣和作秀就容易多了。不,丢弃它们是必要的。有很多事情我再也做不动了,即使我能做,也不会去做。

---

① 答案是一个。

我不怀念的一些事情

排队吃早午餐：为什么我以前会排队等着吃早午餐？现在看来这是多么愚蠢的事情。我唯一会做的一顿饭就是早餐。为什么我以前需要排队等着让别人为我做早餐？嗯……好吧，我猜答案是我想在吃早午餐的时候，看看那些又美又酷的人。但现在我觉得我已经看过了这辈子需要看的所有又美又酷的人，至少我不再觉得需要亲自去看他们了。我现在很满足于在手机上看这些人，同时站在水槽旁吃我儿子的剩煎饼。请不要误会——我不是在假装自己不再享受与朋友一起外出吃早午餐。我还是很喜欢的。只是现在，如果我偶尔能在一天中间**脱身**，更需要立刻找个地方坐下来，点上一杯饮料。照看孩子的妈妈时间有限，而我们需要在有限的时间里倾诉和分享生活中的各种烦恼。

希望自己是全场最漂亮的人：二十多岁的时候，每当我走进一个派对、一场会议或任何形式的社交聚会时，我总在推开门的前一秒，暗自希望自己是其中比较漂亮的人之一。我希望如果现场有足够多的五分颜值的人存在，那我就能被看作九分。这很像一个自认为最多只有六分的人所抱的希望。虽然承认这一点让我非常尴尬，但这是事实。而且，鉴于我们生活在一个再明确不过地表明漂亮/苗条是年轻女性的主要期望的社会中，我并不责怪自己。尽管我知道不应该这样想，但在内心深处，我无法忽视社会希望我与其他女性比较，并通过男性的目光来计算我的价值。我会走进一个满是漂亮女孩的房间，嫉妒得痛不欲生，被从未赢得"漂亮竞赛"的痛苦压得喘不过气——尽管这场竞赛从设计上就注定没有赢家。现在，完全退出这场比赛的感觉真是令人欣慰——这并不是说我认为46岁的爱吃蛋糕的我不漂亮，而是我感觉自己已经完全退出了比赛，现在当我看到某种像佐伊·克拉维茨那样的顶级年轻美人时，我的心态就像欣赏度假时的落日一样放松。我会想，我多**幸运**啊，能够和佐伊·克拉维茨这样的绝世美女同处一个时代，哈哈哈。

总是在道歉：如果我必须说出我在步入中年后**最**不怀念的事情，那绝对是毫无保留地、下意识地向那些让我感觉不好的人道歉，以便保护他们不感到难受。我这样做了将近四十年，但我终于慢慢摆脱了那种一天说无数次"对不起"的本能——比如在咖啡店排队时被人撞到而说的"哦，对不起"；在工作中以"对不起，我的想法可能很愚蠢"作为开场白，好让别人立刻否定我的想法。**我强烈建议**所有女性无论处于人生的哪个阶段，都彻底戒掉自我厌恶式的"对不起"。我还要说，如果你正好有个孩子，当妈妈可以是一个很好的不再忍受别人废话的练习。有很多时刻你必须为你的孩子发声，面对的正是那些过去会霸凌你的人。我发现，当面对那些贬低我孩子的人，或者那些本该帮助我孩子却没能帮忙的人，我更容易说出"去你的"或者"你给我注意点"这样的话。我在为阿什发声时放下礼貌、开始成为真实自我的能力比我以前试图为自己发声时强得多。

这一切只是为了简单地表明：从我们为孩子们挺身而出的那种深切的保护性的愤怒中，我们可以学到很多关于为自己挺身而出的道理。这是我们在这整个旅程中得到的无数意外见解之一，是我们在继续蹒跚前行时可以获取的潜在力量，面对那些问题……未来的方向到底是什么？我们为什么要这样做？我们应该从这段旅程中**得到**什么？

正如坎贝尔所说的那样，几乎每个经典的英雄神话都以主人公从冒险中带着"终极的馈赠"归来而告终。做母亲的终极馈赠是什么？什么是"馈赠"？这是一个词源有些奇怪的词汇，源自挪威语的"祈祷"一词，而后来变成了"礼物或恩惠"的意思。它从被索取变成了给予。这里有一个微妙的紧张关系，因为你所请求的和你得到的并不总是完全相同的东西。

记得多年前在拉斯维加斯的一个黑夜，不是你想的那样——我是为了工作来到这里的……说实话，我对拉斯维加斯有些过敏。来这里的几天前，我刚被医生告知可能永远无法生孩子。按照她的建议，我立即停止使用避孕药，结果我的身体发生了停药反应。我汗流浃背，恶心，四肢会有一波波针刺般的麻木感。无法入睡的我在凌晨三点半观看了当地的电视新闻，派对的灯光在墙上闪烁，令房间感觉像一个鱼缸。我记得自己拼命祈祷，希望能有一个孩子。在祈祷中，我从未想过生孩子会带来什么。骨子里的疲惫，精神上的疲惫，无尽的愤怒，荒谬的争吵，无数次在卫生间里的哭泣和乞求，他3岁发脾气时会用拳头攻击我，直到我把他按在地板上。孤独。对我的身材拒绝恢复原样的沮丧，从过去的已知的我到现在的未知的我的彻底转变。

不管你信不信，我在祈祷中没有提到过想要这些。

但是，当我想到英雄的馈赠……

我想，毫无疑问——那便是我的儿子。

但也许……这种蜕变才是对我的馈赠。

当我的儿子握住我的手时，我有一种特殊的感觉。这既是作为母亲时我感受到的最幸福的时刻，也是作为普通人时我感受到的最恐惧的时刻，因为我内心深处仍然是个普通人。他的信任，他完全相信我是那个带领他的人，总是带来一种电流般的激动。在他的小手握住我的那一刻，我感觉到旧的我和新的我在碰撞,就像两根电线碰到了一起。旧的我不确定我是否应该带领任何人,或者带领任何东西,去任何地方。我们牵着手过马路、上楼梯或者躺在床上,这个问题一直萦绕在我心头。我能像他相信我那样相信自己吗?

旧的我无法确定。

然而新的我,她深信不疑地知道:能的,能的。因为,我能做到。我昨天做到了,前天也做到了,我今天也做到了,而且我知道我明天也会做到。我已经被推着跨过了我自以为的极限,但我仍然坚持了下来。为了坚持下去,我不得不深入自己的内心深处,比我所知道的更深。进入鲸鱼的腹部,到达海底,无数次回到超市给他买吧唧吧唧。

我总想象着,多年后,当我68岁而他27岁的时候,我们在纽约的克鲁尼咖啡馆见面吃午餐,那里离我长大的地方很近。外面是一个下雨的秋日,但我们之间的氛围却温暖如春。我顶着灰色的头发,戴着一副大眼镜,他穿着毛衣很帅气。当他告诉我关于他的朋友、工作和他的新爱人的趣事时,我们一起大笑起来。

终极的馈赠。

我相信。

致　谢

在这段不寻常的日子里，不管是写一本书，还是真正做任何事情，如果没有这么多可爱的人的帮助，我都难以实现。

感谢我的编辑艾米丽·格里芬，她在一百万年前给我买了一杯红酒，问我是否有兴趣写点什么。我非常感谢她无尽的善意和才华。感谢乔纳森·伯纳姆和哈珀·柯林斯的整个团队让这本书成为现实。

永远感谢全世界最好、最潇洒的图书经纪人大卫·库恩，这些年来他一直相信我。内特·马斯卡托，感谢你在地铁上的坚定支持和源源不断的鼓励。

衷心感谢并永远拥抱我的经纪人、朋友和全能型人类克里斯蒂·史密斯，感谢你的智慧和至关重要的持续联系。

感谢蒂姆·菲利普斯和布莱恩·拉扎勒斯，感谢你们从容地处理了我的大脑无法处理的所有事情，也是大多数事情。

凯特·格罗德，没有足够的语言能完全表达你对我的意义，所以我只想说：没有你，我的人生难以为继。你就是我的**偶像**。

无尽爱意献给祖贝达·乌拉、毛拉·马登和贝基·库提斯。感谢你们数十年的友谊和幽默，感谢你们美丽、神奇的灵魂，以及全天候的短信支持。

特别感谢凯西·威尔逊：六年前你邀请我参加你家里的一个婴儿音乐小组，从那时起，你绝对就是我写作、创作和辣妈生活方面的**大师**。感谢上苍让我认识你。

哦，你好，丽兹·费尔德曼。谢谢你花时间阅读这些文字的初稿，你把它们点石成金。我非常感谢你的友谊和你聪明的头脑。

还有塞莱斯特·休伊、凯莉·哈钦森、麦迪·达利瓦尔和卡拉·迪鲍罗组成的女巫团：哦，我多么爱你们这些高贵的女巫。

埃米莉·莱纳和詹妮·黄，感谢你们陪伴我度过低谷。

衷心感谢我亲爱的朋友贝基·斯洛维特和埃里克·布卢姆，他们是如此慷慨热情，一直为我鼓劲。

致拉拉·希利尔：感谢你无尽的支持、体贴的关怀，以及对我这本书的帮助。在我认为自己无法再前进的时候，你帮助我越过了终点线。你真是一个天赐的好姑娘。

感谢鲍里酒店的全体员工为我提供了一个如此美丽、舒适的地方,并在一个非常关键的时刻给这位衣衫褴褛的母亲升级了房间。

我永远感激露西·希布来恩,她如此温柔而亲切地照顾我的孩子。你让我们家更加其乐融融。我们爱你。

致阿什的第一个保姆鲁兹·安东内利:当我们搬走时,阿什只有六个月大,我听到你在告别时对他轻声说:"你不会记得我,但我永远不会忘记你。"我们也永远不会忘记你。我们每次读到《蒙蒂》和《勿忘我》时,都会想到你。

对于在阿什出生后照顾我们的夜班护士,我至今都很感激你们每个人。

我觉得有必要说一下:这本书主要写于2020年,当时新冠病毒大流行刚刚开始。感谢全球所有的护士、医生、科学家和一线工作者,他们不知疲倦地工作,帮助我们渡过难关。要特别感谢纽约市最好的医生贾汉吉尔·拉赫曼,他在2020年3月我母亲生病时主动上门服务。想到这一点,我仍然泪流满面。还要特别感谢纽约市最好的妇产科医生塔尼·桑格维,这么多年来,她不仅把我作为一个病人,而且作为一个完整的人来关照,并把我的儿子带到了这个世界。

致迈克:我爱你。谢谢你成为这个星球上最伟大的父亲和最稳定的伴侣。

米哈尔、大卫和贝丝：我很幸运，你们是我的家人。谢谢你们一直在我身边。我爱死你们了。

妈妈和爸爸：我一直以为我知道你们为了照顾我们是多么的辛苦……但是直到我成为一个母亲，我才真正知道。我可能仍然不完全了解，但我多了解了一些。在这本书的整个创作旅程中，你们都在我心里。我爱你们。你们是我的英雄。

还有阿什，我美丽、可爱的男孩。

正如我每天晚上告诉你的那样：做你的妈妈让我感到无比自豪。我也很骄傲有你这个儿子。我对你的爱无法估量。